Gunnarsson · Advent im Hochgebirge

Gunnar Gunnarsson

Advent im Hochgebirge

Erzählung

Übertragung von Helmut de Boor
Nachwort von Jón Kalman Stefánsson

RECLAM

Dänischer Originaltitel: Advent

2006, 2017 Philipp Reclam jun. GmbH & Co. KG,
Siemensstraße 32, 71254 Ditzingen
Umschlaggestaltung: zero-media.net
Druck und buchbinderische Verarbeitung:
Friedrich Pustet GmbH & Co. KG,
Gutenbergstraße 8, 93051 Regensburg
Printed in Germany 2024
RECLAM ist eine eingetragene Marke
der Philipp Reclam jun. GmbH & Co. KG, Stuttgart
ISBN 978-3-15-011130-7
www.reclam.de

Wenn ein Fest bevorsteht, machen sich die Menschen dazu bereit, jeder nach seiner Weise. Es gibt mancherlei Arten. Auch Benedikt hatte seine eigne. Sie bestand darin, dass er zu Beginn der Weihnachtszeit, ja wenn es das Wetter erlaubte, möglichst schon am ersten Adventssonntag Proviant, Strümpfe zum Wechseln, mehrere Paar neue Lederschuhe sowie einen Petroleumkocher in den Rucksack packte, dazu eine Kanne Petroleum und ein Fläschchen Spiritus mitnahm und sich auf den Weg in die Berge machte, wo zu dieser Jahreszeit sonst nur winterharte Raubvögel, Füchse und einzelne verirrte Schafe umherstreiften. Und gerade auf diese Schafe war er aus, auf Tiere, die bei den regelmäßigen herbstlichen Einsammlungen nicht aufgefunden worden waren. Sie sollten nicht dort drinnen erfrieren oder verhungern, nur weil niemand sich die Mühe gab oder es wagte, sie zu suchen und heimzubringen. Auch sie waren lebendige Geschöpfe. Und er fühlte gleichsam eine Art Verantwortung für sie. Sein Ziel war also ganz einfach, sie aufzufinden und unversehrt unter Dach und Fach zu bringen, ehe das große Fest seine Weihe über die Erde und Frieden und Wohlgefallen in die Herzen der Menschen senkte, die ihr Möglichstes getan haben.

Auf dieser seiner Adventswanderung war Benedikt immer allein. Oder besser, ohne menschliche Begleitung. Denn er hatte ja seinen Hund und meistens auch seinen Leithammel bei sich. Sein jetziger Hund hieß Leo und war, nach Benedikts Ausspruch, ein wahrer Papst von Hund. Der Hammel hörte wegen seiner Ausdauer auf den Namen Knorz.

Diese drei waren auf derartigen Ausflügen jetzt schon seit einer Reihe von Jahren unzertrennlich gewesen und kannten einander nachgerade in- und auswendig mit jener tiefgründigen Bekanntschaft, die vielleicht nur zwischen einander fernstehenden Tierarten möglich ist, wo kein Schatten des eigenen Ich, des eigenen Blutes, eigener Wünsche und Begierden verwirrend oder verdunkelnd dazwischentritt. Übrigens gehörte noch ein Vierter zu dem Bunde, das Pferd Faxe; allein es war leider zu schmalfüßig und schwer, um den tiefen, lockeren Schnee des Vorwinters zu durchwaten, und überdies nicht recht fähig, allzu viele anstrengende Tage mit der schmalen Kost durchzuhalten, mit der die anderen drei sich behelfen konnten. Nur mit schmerzlicher Betrübnis trennten sich Benedikt und Leo von ihm, wenn auch nur für eine Woche. Knorz nahm diese Schickung wie alles andere mit größerer Ruhe.

Da wanderte das Kleeblatt durch den Wintertag:

voran Leo, der trotz der Kälte die Zunge zufrieden aus dem rechten Mundwinkel hängen ließ, hinter ihm Knorz in gleichmütigem Trott, zuletzt Benedikt, der seine Skier hinter sich herzog. Die Schneedecke war hier unten im bewohnten Lande noch zu leicht und locker, um einen Skiläufer zu tragen; man musste durch den Schnee stapfen und stieß dabei mit den Zehen gegen Erdschollen und Steine – puh, es war recht beschwerlich voranzukommen, aber sonst keine große Sache. Leo war nach Hundeart vielfach beschäftigt und in bester Laune. Zuweilen konnte er sich nicht mehr halten, musste sich Luft machen. Dann jagte er in wilden Sätzen zu Benedikt zurück, dass der Schnee um ihn stob, bellte zu ihm auf, strebte an ihm empor und verlangte, gelobt und gestreichelt zu werden.

»Ja, du bist ein wahrer Papst«, sagte dann Benedikt; das war nun einmal sein Kosename für seinen Kameraden, ein höheres Lob gab es in Benedikts Munde nicht.

Vorläufig waren sie durch besiedeltes Land unterwegs nach Botn, dem letzten Gehöft vor den Bergen. Sie hatten den ganzen Tag vor sich und nahmen ihn gemächlich, folgten den Pfaden von Hof zu Hof, machten Aufenthalt und begrüßten Leute und Hunde. »Aber eine Tasse Kaffee …« – »Nein, danke, heute nicht …« – sie möchten gern beizeiten am Ziel sein. Dann bekamen sie stattdessen einen Schluck Milch – alle drei. Wieder und wieder musste Benedikt Auskunft geben, was er vom Wetter hielte. Man meine ja nur – wolle keineswegs aufdringlich sein oder den Unglückspropheten spielen. Aber eine Frage sei doch erlaubt. Vielleicht sagte man dann noch: »Ja, was ich noch sagen wollte, Leo ist ja wohl ein Hund, der seinen Weg findet – auch im Dunkeln und bei Schneegestöber?« Man brachte es sozusagen im Scherz vor und vermied es, die Augen aufzuschlagen, vermied es, selbst nur mit dem Blick, auf die reichlich drohenden Wolken am Himmel zu verweisen. Und ging rasch darüber hin: »Den Weg finden, das kann er ja, der Köter.«

»Das können wir alle drei«, antwortete Benedikt unbeirrt und leerte seine Milchschale. »Schönen Dank!«

»Abgesehen von Knorz würde ich mich nun am meisten auf Leo verlassen«, scherzte der Bauer, verschwand einen Augenblick im Hause und holte ihm einen Leckerbissen, etwas zum Knabbern.

Benedikt entgegnete nichts der Art, dass er ein wahrer Papst sei, deutete Leo aber mit einem Nicken an, dass er sich mit dem Fressen Zeit nehmen könne, er werde schon so lange warten. Knorz bekam unterdessen eine Handvoll gutes Wiesenheu. Dann zogen sie wieder los, die drei.

Benedikt war heute nicht in der Kirche gewesen,

hatte es versäumt, keine Zeit dazu gehabt. Wollte er zu einigermaßen vernünftiger Stunde ankommen und sich vor dem zeitigen Aufbruch und dem langen Marsch des nächsten Tages genügend ausruhen, so musste der heutige vom frühen Morgen an ausgenutzt werden. Hauptsächlich Knorzens wegen nahm er den ersten Tag so wenig anstrengend. Wohlverstanden: Knorz war schon recht und trug seinen Namen nicht unverdient. Aber man musste achtgeben, ihn nicht gleich zuerst zu überanstrengen. Darum konnte Benedikt den Umweg über die Kirche nicht gut machen. Am ersten Advent ist diese Wanderung durch das Bauernland bis an den Rand der Heide sein Kirchgang. Zudem hatte er ja vor dem Aufbruch in der Gesindestube auf seinem Bettrand gesessen und den Text des Sonntags gelesen, Matthäi 21, von Jesu Einzug in Jerusalem. Aber das Glockenläuten, den Gesang in dem Rasenkirchlein und die weise, ruhige Auslegung des Evangeliums durch den alten Pastor musste er sich dazu denken. Auch das ließ sich machen.

So ging er jetzt durch Schnee – weiß, so weit das Auge reichte – grauweiß der Winterhimmel, selbst das Eis auf dem See bereift oder leicht überschneit. Nur die flachen Krater, die hier und da aus dem Schnee ragten, zeichneten die größeren oder kleineren Ringe ihrer Trichter wie ein mahnendes Muster in die Schneewüste ein. Woran wollten sie wohl mahnen? Ließ es sich ergründen? Vielleicht sagten diese Kratermünder: Lass alles gefrieren, Stein und Wasser erstarren; lass die Luft gefrieren und in weißen Flocken niedersinken und sich wie ein Brautschleier, wie ein Leichentuch über die Erde legen, lass den Hauch in deinem Munde gefrieren und die Hoffnung in deinem Herzen, und im Tode das Blut in deinen Adern – tief drunten lebt doch das Feuer. Vielleicht sagten sie das. Und was meinten sie damit? Vielleicht sagten sie auch etwas anderes. Aber jedenfalls: wenn man von diesen schwarzen Ringen absah, war alles weiß, insbesondere auch der See im Tal – eine glitzernde weiße Fläche, glatt wie eine Tenne. Für wen? Wen lud er zum Tanze?

Und wie all dieser Weiße entstiegen, in der nur die schwarzen Kraterringe und vereinzelte gespenstische Lavasäulen hie und da aufragten, lag eine Weihe über diesem Sonntag in dem Bergbezirk, eine herzbeklemmende Weihe. Eine unermessliche, unschuldsweiße Feierlichkeit umgab den stillen Ruhetagsrauch aus den weit verstreuten niedrigen Höfen, die unter dem Schnee fast verschwanden, eine unfassbare, eine unglaublich verheißungsvolle Stille – Advent, Advent. Ja, Benedikt nahm das Wort behutsam in den Mund, dieses große, stille, erstaunlich fremde und doch zugleich so vertraute Wort, für Benedikt vielleicht das vertrauteste von allen. Es ist wahr, er wusste nicht genau, was es bedeutete, aber es lag doch eine Erwartung, eine Vorbereitung darin, das fühlte er. Im Lauf der Jahre war ihm dies Wort zum Inhalt fast seines ganzen Lebens geworden. Denn was war sein Leben, was war das Leben der Menschen auf Erden überhaupt anderes als ein unvollkommenes Dienen, das doch von Erwartung, von Vorbereitung aufrechterhalten wurde?

Dann kamen sie zu einem neuen Hof, und der Alltag begegnete ihnen mit seiner Freundlichkeit nach Bauernart; aber Kaffee, nein danke, heute lieber nicht, sie wären sozusagen etwas pressiert, die Tage wären kurz, also schönen Dank. Der Bauer musterte den Himmel lang und sorgfältig und hielt, offen gestanden, nicht viel vom Wetter. »Ja, man muss das Wetter halt nehmen, wie Gott es gibt«, meinte Benedikt. Der Bauer seinerseits sprach nur die Hoffnung aus, es möchte noch vor Einbruch der Nacht losgehen. Solche Reden waren Benedikt ausgemacht zuwider, und also denn, sie müssten weiter.

»Taugen sie auch etwas, deine Begleiter?«, fragt der Bauer und möchte den Mann nicht fortlassen. Er sah ihn vielleicht zum letzten Male, wer weiß – hatte auch so schwer geträumt, und es ließ sich ja mit Händen greifen: um diese drei stand eine Witterung von nahen Prüfungen, wenn nicht von Schlimmerem. »Ist Knorz dir nicht nur ein Klotz am Bein? Kannst du dich auf ihn verlassen – und auf den Hund?« – »Ob ich kann?«, antwortete Benedikt, »wir sind alle drei allerhand gewohnt.«

So etwas soll man nicht sagen in der Stunde der Gefahr, so übermütig soll der Mensch die Mächte nicht herausfordern – der Bauer stand stumm und ließ ihn ziehen. Da gingen sie, die drei, und ein unsicherer, mit sich selbst, mit ihnen und der Welt unzufriedener Mann blieb zurück, sah ihnen nach und kaute Tabak. Solche Leute mochte sonstwer begreifen – alles, sogar das Leben aufs Spiel zu setzen. Und wofür? Für ein paar fremde Schafe. Denn Benedikt hat ja nur ganz wenige, und es fehlt ihm keins.

Vermutlich begriff Benedikt den vorsichtigen Bauern ebenso wenig. Jedenfalls zogen die drei weiter. Heute war ein guter Tag, und keiner sollte ihm den verderben, ein guter festlicher Tag. Heute vor vielen Jahren hielt Jesus seinen Einzug in Jerusalem. Wenn man es wusste, konnte man es auch deutlich spüren; der Tag hatte hiervon sein Gepräge erhalten und durch die Jahrhunderte bewahrt. Benedikt sah ihn so deutlich vor sich, wie er in die herrliche, sonnenleuchtende Stadt einzog. Er hatte ihre weißen Mauern und Häuser in einer Bilderbibel gesehen und Jesus auf dem Esel mitten darin. Die Zweige, die das Volk von den Bäumen schnitt und dem Esel vor die Füße breitete, sahen wie Eisblumen an einer Fensterscheibe aus. Aber dass sie nicht weiß waren, das wusste er genau; sie waren grün, saftig grün, und etwas Sonnenschein haftete an ihren glatten Blättern. Und plötzlich klangen die Worte des alten Buches fast hörbar durch die Luft, als hätten die Wellen des Äthers sie bewahrt und man brauchte nur das Ohr hinzuneigen: Siehe, dein König kommt zu dir sanftmütig und reitet auf einem Esel und auf einem Füllen der lastbaren Eselin.

Sanftmütig! Das verstand Benedikt. Wie konnte Gottes Sohn anders sein? Und reitend auf dem Füllen der Eselin – denn von allem, Lebendem und Totem, ist nichts zu gering für den Dienst, nichts, was nicht durch Dienst geheiligt würde. Selbst Gottes Sohn. Und nur durch den Dienst. Und Benedikt meint plötzlich das kleine Eselchen zu kennen und genau zu wissen, wie ihm und wie Gottes Sohn in jener heiligen Stunde zumute war. Und er sieht deutlich vor sich, wie die Menschen ihre besten Kleider auf den Weg breiten, und hört andere fragen: »Wer ist dieser Mann?« Wirklich! »Wer ist dieser Mann?« Denn sie kannten Gottes Sohn nicht. Und hätten ihn doch kennen sollen. Auf seinem tiefen, einfachen Antlitz leuchtete ein Lächeln, das nur ein wenig durch die Betrübnis überschattet wurde, dass sie es nicht besser wussten. Dass ihr Auge so umwölkt, ihres Herzens Spiegel

13

so beschlagen war. Und beim Anblick dieses betrübten Lächelns schoss es Benedikt heiß durchs Herz. Wie blind mussten sie sein. Dem Erlöser von Angesicht zu Angesicht gegenüberzustehen und ihn nicht zu erkennen! Dass er selbst ihn gleich auf den ersten Blick erkannt haben würde, davon war er fest überzeugt. Und er würde sich ihm unverzüglich zugesellt und ihm geholfen haben, die Dreisten aus dem Heiligtum zu treiben und die Tische der Wechsler und die Stühle der Taubenkrämer umzustoßen.

Benedikt schiebt bei diesem Gedanken seine lederne Mütze hoch und trocknet sich die Stirn. Das Wandern strengte ihn nicht weiter an, aber diese kriegerischen Gedanken trieben ihm den Schweiß aus den Poren. Er ist ein friedfertiger Mensch, er hat nicht einmal im Traum an Gewalttätigkeiten gegen seine Mitmenschen gedacht, jedenfalls nicht, seit er erwachsen ist. Aber die Worte des Erlösers: »Mein Haus soll ein Bethaus heißen, ihr aber macht eine Räuberhöhle daraus« – diese Worte haben ein brennendes Ärgernis in ihm geweckt.

Diese Vorstellung – der Kaufmann verfiele darauf, seinen Schwindelladen in ihre alte Rasenkirche zu verlegen! Dann wäre es vorbei mit dem Frieden. Und mit diesen Worten des Erlösers im Ohr fühlte er sich zu allem bereit, was man von ihm verlangte – unter Führung des Herrn. Wechsler – oho! Taubenkrämer – haha! Und Krämer überhaupt – er kannte die Sorte. Nur möglichst nicht daran denken. Und wieder wischte er sich die Stirn. Denn die Krämer, die er kannte, der Kaufmann und ein paar Hausierer – es ließ sich zwar allerhand gegen sie sagen, aber sie mit seinen Fäusten bearbeiten zu müssen, daran lag ihm auch wieder nichts.

So hatte Benedikt seine Gedanken, seine Freuden und Kümmernisse, während der graue Tag um ihn allmählich schwarz wurde, der Vollmond sich hinter den Wolken entzündete und sich zuweilen flüchtig an einem bleichen Abendhimmel sehen ließ. Um sich selbst machte sich Benedikt auf seiner Wanderung nicht groß Gedanken. Warum sollte er auch? Für das Auge war er jetzt, da der Tag sank, allgemach nur noch ein undeutlicher Schatten in der Landschaft. Und doch ist es die Frage, ob seine Vorstellung von sich selbst nicht noch undeutlicher und verschwommener war. Er war ja nur ein Knecht, ein Dienstknecht; war es sein Leben lang gewesen. Oder genauer gesagt, halb Knecht, halb Kätner. Überhaupt war etwas Halbes, Unbedeutendes an ihm, durch und durch. Halb gut – halb schlecht, halb Mensch – halb Vieh. Jaja, so war es und nicht anders. Den Sommer über arbeitete er gegen Lohn auf dem Hof, wo er das ganze Jahr wohnte. Im Winter besorgte er dort die Schafe gegen Kost und etwas Kleidung. Nur kurze Zeit im

Frühjahr und Herbst und dann während seiner Bergwanderung vor Weihnachten war er sein eigener Herr. Außerdem besaß er freilich selbst Stall und Scheune für sein Pferd, seine Schafe und das Heu, das er sonntags nach der Kirche auf gepachteten Wiesen mähte. Er hatte es also gut und ist ja nur ein einfältiger Mann und ein Diener, und anderes erwartet und erstrebt er nicht zu werden – nicht einmal im Himmel. Wenigstens jetzt nicht mehr. Die Zeiten sind vorbei. Die Tage und Nächte, da er Träume träumte und Sehnsüchte nach Glück und Freiheit verspürte hier und dort drüben. Vorbei – und es war gut so. Nur damals hatte er sich unfrei gefühlt. Seitdem war er etwas mehr Mensch geworden – ja, überhaupt Mensch geworden. Sofern nicht auch das Eitelkeit und verwerflicher Übermut war.

Nun, jedenfalls war er jetzt schon ein älterer Mann, vierundfünfzig, da gab es für ihn nicht mehr viele oder lange Irrwege, auf denen er sich verlaufen konnte. Vierundfünfzig Jahre – und dies ist das siebenundzwanzigste Mal, dass er hier geht. Er weiß es genau, er merkt sich die Zahl von Jahr zu Jahr: das siebenundzwanzigste Mal. Mit siebenundzwanzig Jahren begann er diese Wanderungen, siebenundzwanzigmal ist er so durchs Land auf die Berge zugewandert, meist am ersten Adventssonntag, wie heute. Ach ja, die Zeit vergeht. Siebenundzwanzig Jahre – so tief lagen seine Träume verschüttet. Jene Träume, die nur Gott und er selbst kannte. Und die Berge, in die er sie hinausgeschrien hatte in seiner Qual. Aber schon bei seiner allerersten Wanderung hatte er sie dort drinnen zurückgelassen. Da lagen sie sicher aufgehoben. Oder doch nicht so ganz sicher? Spukten sie in der Einsamkeit der Berge wie friedlose Geister, die ihr flüchtiges, verkehrtes Leben in einer Wüste von Schnee und verwittertem Gestein leben? Waren sie es im Grunde, um derentwillen er jeden Winter hinauf musste – ob sie immer noch nicht matt geworden und in die Erde versunken waren? Aber er schüttelte es ab: nein, so erbärmlich stand es doch nicht um ihn.

Und jetzt waren sie bei ihrem Nachtquartier angelangt und strebten die Steigung hinauf, die zum Hofplatz führte, Benedikt, Knorz und Leo. Die Gebäude des Hofes lagen auf einem kleinen Höhenzug, um den sich die Hänge des Hochlandes wie im Halbkreis schlossen. Sie lagen hoch – was zumal im Frühjahr, wenn die Sonne kräftiger wurde, von Vorteil war – und doch geschützt. Benedikt holte ein einziges Mal tief Atem, als er für heute am Ziel war, dann wandte er sich um und sah den Weg zurück, den er gekommen war. Seine Hand umfasste ein Horn von Knorz – wie warm es doch an seiner Wurzel ist –, auf seiner anderen Seite stand Leo

17

und wedelte mit dem Schwanz. Da standen sie. Es lag eine gewisse Weihe über ihnen. Nicht so, dass Benedikt den Himmel über sich offen fühlte, aber es war doch gleichsam ein Spalt offen; er stand nicht allein auf der Erde, fühlte sich nicht ganz verlassen. Nicht ganz. Sie standen da, und Benedikt blickte über das Land hin und nahm in sich auf, was er sah. Kühle Dämmerung senkte sich über das Bergland, jetzt, da der Tag sank und das dunkle Licht des Mondes stärker von einem Himmel erstrahlte, an dem eisige Berge hintrieben, Berge, die genauso wirklich schienen wie die bleichenden Bergkämme am Horizont mit ihren matten Schattenlinien. Das Land wirkt flacher an einem solchen Abend, wenn der See zugefroren und die Eisfläche zugeschneit ist. Und mitten in dieser eisigen Welt, die der Auflösung in Finsternis entgegenging, stand – selbst ein Teil des dunklen Abends – der Mensch Benedikt, halb Knecht, halb Kätner, stand hier mit seinen nächsten Freunden, dem Widder Knorz und dem Hund Leo – und diese Welt ist seine Welt. Hier lebt er als ein Teil von allem, was er erreichen kann und erfassen mit Blick und Hand, mit Gedanken und Ahnung. Diese Welt ist sein; von diesem Leben ist er ein Teil. Nicht, dass er solches dachte, bewusst dachte. Er machte sich nicht einmal klar, dass er stehen geblieben war und hinüberblickte, weil er früh vor Tagesanbruch von Botn aufzubrechen pflegte und schon hoch in den Bergen war, wenn der Tag graute. Er fühlte nur etwas wie eine Leere in der Brust, eine Sehnsucht, die sich nicht festigen und erklären ließ, ein seltsam ziehendes Heimweh. Ob es nun daher kam, weil er das bewohnte Land für ein paar Tage verlassen sollte oder weil ihn der Abschied immer daran mahnte, dass es einmal für immer sein könnte, das wusste er nicht. Der Mensch hängt an dem Seinen, an sich selbst und dem Seinen bis über den Tod hinaus und bangt davor, das Leben aus den Händen zu verlieren – dies Wirklichste von allem Wirklichen, dies Erbärmlichste von allem Erbärmlichen, dies Unendlichste von allem Unendlichen; bangt vor der Einsamkeit, auf der sein Selbst beruht, die sein Selbst ist, bangt davor, ohne Mitmenschen ringsum zu sein – und vielleicht von Gott vergessen. Ein kleiner Trost ist es ja, dass man, wenn alles gut geht, hier begraben wird, in dieser Erde verankert bleibt. Und von seinem Jenseits hofft man in seinen Freistunden eine Aussicht auf das Heimattal zu haben; etwas anderes wäre kaum vorstellbar. Und wie er jetzt hier steht, kann Benedikt es nicht lassen, missvergnügt nach ein paar Schneeflocken zu schnuppern, ein paar verirrten, sacht fallenden Schneeflocken, die hier eigentlich nichts zu suchen haben und die er darum vorher nicht hat beachten wollen.

Ganz zufrieden war er mit den Wetteraussichten ja nicht, wenn er es schon zugeben sollte. Es ließ, offen gesagt – nun ja, es ließ allerhand erwarten. Er blickte prüfend zum Mond auf. Vielleicht gar Schnee! Wenn nicht noch Schlimmeres. Knorz war heute auch so verdrossen. Und der wusste Bescheid. Nur Leo sah der Zukunft mit hundehafter Unbekümmertheit entgegen, ringelte den Schwanz, war auf Visiten und Abenteuer aller Art aus und verlangte nichts Besseres. Es gab Augenblicke, wo Benedikt die Galle überlaufen wollte bei seinem Gehabe. Aber dann nahm er sich zusammen, rüttelte ihn freundschaftlich am Ohr: »Alter Kerl!« Und doch gelang es ihm nicht, sein Gemüt ins Gleichgewicht zu rütteln. Weder Himmel noch Erde wollten ihm recht gefallen. Wie er hier jetzt in dem schwindenden Tag stand, ließ sich sein Gefühl nicht mehr dadurch ablenken, dass er durch den schweren Schnee vorwärts stapfte. Die Vorboten des Wetters, die er im Blute trug, waren auf die Dauer so nicht zu übertäuben. Hätte er zu Hause bleiben sollen? Der Rucksack drückte plötzlich so schwer. Er legte ihn auf dem Pferdestein ab und wandte sich zur Tür. Aber er brauchte nicht anzuklopfen; so weit er zurückdenken konnte, hatte er das auf Botn niemals nötig gehabt, jedenfalls nicht am ersten Advent. Die Hoftür öffnete sich im gleichen Augenblick, und entgegen trat ihm Sigrid, die Hofbäuerin.

»Gottes Segen«, wünschte Benedikt, und seine kalte, knochige Hand schloss sich einen Augenblick um ihre hauswarmen Finger.

»Gottwillkommen«, antwortete die Bäuerin – warf aber zugleich einen Blick auf die jagenden Wolken, wechselte den Ton und sagte scherzend: »Wir fingen wahrhaftig bald an zu hoffen, du würdest ausbleiben.«

»Nein«, sagte Benedikt, und nach einer Weile: »Ja, ich habe meine Sachen abgelegt. Ihr gebt mir wohl ein Nachtquartier.« Auch das sollte Scherz sein, aber es traf den Ton nicht. Er ist nicht echt und verrät, was er verbergen soll. Um es wieder gutzumachen, fängt Benedikt unaufgefordert an, den Schnee von seinen Schuhen abzukratzen. Leo hatte unterdessen die Bäuerin begrüßt. Er erinnerte sich wohl früherer Besuche auf Botn; jetzt tauschte er mit den Hunden des Hauses Hundeklatsch aus. Sigrid trat zu Knorz und kraute ihn hinterm Ohr. Er ließ es sich gefallen, gab aber kein Zeichen der Bewegung von sich. Da lachte sie: »Richtig vergnügt ist er ja nie, dein Knorz, aber so mürrisch habe ich ihn doch selten gesehen.«

Benedikt murmelte etwas.

»Macht es das Wetter?«, fragte Sigrid. Irgendetwas in ihrem Wesen passte nicht zu ihrem scherzenden Ton. Benedikt erwiderte nicht viel darauf; er stand gebückt und kratzte an seinen Schuhen. Er murmelte etwas, nur die letzten Worte waren verständlich: »– er gehört nämlich zu den *großen* Propheten.«

»Das sieht man ihm fast an«, antwortete die Bäuerin.

»Nein, so war es nicht gemeint«, entgegnete Benedikt und nahm seinen Knorz in Schutz. »Nur in Wirklichkeit, nicht in seiner eigenen Einbildung – falls du das gemeint hast.«

Doch jetzt kam ruhig und gemächlich Pjetur, der Hofbauer, dazu, ein wenig später als seine Frau, wie es hier auf Botn am ersten Advent üblich war. Gleich nach ihm erschien auch der älteste Sohn Benedikt, und hinter ihm tauchte ein Rudel Kinder auf. Sie wurden aber augenblicklich ins Haus zurückgescheucht, der Abend sei zu kalt: »Hinein mit euch, und die Tür zu! Benedikt kommt gleich!«

Benedikt begrüßte Vater und Sohn, sah ihnen einen Augenblick ins Auge, während er ihnen die Hand drückte. Er hatte seine bestimmte Art, sie zu begrüßen. Der Sohn ist ja sein besonderer Freund, vielleicht sein einziger. Wie er zu dem Namen Benedikt gekommen war, wusste man nicht, der Name kam weder in Pjeturs noch in Sigrids Familie vor und war auch sonst in der Gegend nicht gebräuchlich – sie waren hier in der Gegend die beiden Einzigen, die ihn trugen.

»Zuallererst willst du natürlich Knorz unter Dach

haben«, sagte der Bauer und trat freundlich neben ihn. Aber er ist taktvoll und versteht sich auf Schafe; er hütet sich, ihn anzufassen, sosehr es ihn in den Fingern kribbelt. »Und wie war es doch – erinnere ich mich recht, dass er kein Essen und Trinken anrührt, das du ihm nicht eigenhändig vorsetzest?«

»Na, ganz so schlimm ist es nicht«, entschuldigte Benedikt seinen Knorz. »Er ist ein höfliches Tier – abgesehen von seinen Eigenheiten. Komm, Knorz!«

Die Hausfrau war inzwischen an ihre Arbeit gegangen. Aus der Tür duftete es verheißungsvoll nach Dörrfleisch, Kaffee und Pfannkuchen. Aber die drei Männer hatten keine Eile; den Widder dicht hinter sich, schlenderten sie in Ruhe und Behagen nach einem Nebengebäude, wo alljährlich ein Gastraum für Knorz bereitstand. Es war im Schafstall eine Ecke abgeteilt, wo er Wasser, Krippe und Lager für sich hatte, ohne sich drängeln oder mit weniger tatenreichen Mitgeschöpfen um die Wette fressen zu müssen, und wo er doch passende Gesellschaft fand. Das Wasser war rechtzeitig hineingestellt worden, damit es überschlagen war; jetzt wurde die Krippe mit frischem, duftendem Heu gefüllt.

Knorz tauchte das Maul wohlanständig ins Wasser und löschte seinen Durst, dann machte er sich bedächtig an das gute Futter. Pjetur sah ihn an – sah Benedikt an. »Ihr findet also das Wetter zu Bergtouren geeignet, ihr beiden?«

»Danach musst du Knorz fragen«, antwortete Benedikt leichthin. »Ich habe nur Menschenverstand.«

»Auch nicht zu verachten, wenn man ihn nur fleißig benutzt«, sagte Pjetur, der Knorz vielleicht schon gefragt und Antwort bekommen hatte. Möglicherweise war die Frageform nur eine Höflichkeit gewesen. Mehr wurde nicht gesprochen. Sie schlossen sorgfältig die Tür und gingen nachdenklich zum Wohnhaus hinüber, bei einem unsicheren Mondlicht, das kaum Licht zu heißen verdiente. Es war beinahe Finsternis. Kalte Windstöße umsausten sie merkwürdig plötzlich und drohend aus einer undurchdringlichen Nacht heraus. Seltsam, wie Menschen, die durch die Finsternis wandern, einander verloren gehen. Doch ist die Einsamkeit der Finsternis eine andere als die der Berge. Hier unten im bewohnten Land ist sie doch nicht so vollkommen; man hört noch andere Stimmen als die eigene und spürt nahe Atemzüge. Die tiefe Verlassenheit, die aus der Leere draußen und der steinernen Tiefe drunten strahlt, durchschauert einen noch nicht bis in die Haarwurzeln.

Ein Licht stand in der Haustür und wartete auf sie. Es hatte dort schon eine Weile gestanden und für sich allein gebrannt. Ein einsames Licht ist fast wie ein Mensch, fast so verlassen wie eine zweifelnde Seele. Und ändert sich so eigentümlich, sobald es nicht mehr allein ist, sobald Menschen hinzukommen. So auch dieses Licht. Die drei Männer traten nur durch die Tür, und schon stand es nicht mehr so einsam und verlassen, hatte plötzlich einen Dienst zu leisten, eine Aufgabe zu erfüllen. Benedikt nahm seinen Rucksack, den er vor der Tür abgelegt hatte, und hängte ihn drinnen auf einen Nagel. Ein stoppevoller Sack Heu stand bereit, an einen Türpfosten gelehnt. Benedikt roch an dem Heu und hob den Sack: »Ihr habt auch mehr an Knorzens Magen als an meinen alten Rücken gedacht, als ihr den fülltet.«

Der Bauer lachte kurz und drückte, während er hineinging, mit zwei Fingern den Docht aus. Es ist ein Liebesdienst für ein Licht, wenn man es sich nicht nutzlos verzehren lässt, es lieber bei Gelegenheit zu neuem dienendem Leben weckt. Und außerdem ist es sparsamer.

Sie gingen in die Wohnstube zu der Frau und der Kinderschar, und der Benedikt, der Gast im Hause war, bekam auf dem Klapptisch unter dem Giebelfenster sein Essen vorgesetzt, Rauchfleisch, frisch aus dem Topf, und Kartoffelbrei. Ein gutes Essen für kalte Tage, ein wahrer Weihnachtsschmaus. »Man meint, ich soll in die Wüste«, sagte Benedikt, dem die Berge keine Wüste bedeuten; er ging ja jetzt zum siebenundzwanzigsten Male hinein. Er sagte es nicht, erwähnte mit keinem Wort, dass es für ihn ein Jubeljahr war, eine Art Jubeljahr; aber in seinen Gedanken tauchte es immer wieder auf wie ein Kehrreim: das siebenundzwanzigste Mal.

»Na ja, wenn du erst von Botn fort bist, dann dauert es gewöhnlich einige Zeit, bis du wieder etwas Warmes in den Magen bekommst«, sagte die Hausfrau und achtete sorglich darauf, dass er zulangte. »Iss nur tüchtig. Für Leo ist gesorgt!«

Als sein Name genannt wurde, sah Leo aus dem Winkel der Stube auf, in dem er zusammengerollt lag, nicht unähnlich einem Schneckenhaus, ein schwarzweißer Hund mit gelben Flecken; und er wedelte mit dem Schwanz den großen Geschöpfen freundlich zu, die an ihn dachten und ihn zu schätzen wussten, selbst wenn er schlief. Dann rollte er sich eifrig wieder zusammen und schlief weiter, nutzte die Zeit aus.

Wie sie noch sitzen und plaudern, klopft es plötzlich an die Tür, dreimal, vermutlich also Nachtgäste, obwohl es in der Umgegend wohlbekannt ist, dass andere Gäste als Benedikt am ersten Advent auf Botn nicht unbedingt willkommen sind. Einen Augenblick saßen sie stumm. Dann stand der junge Benedikt auf, um zu öffnen.

»Es sind wohl die von Grimsdal, die sich ausgerechnet haben, dass sie sich dir bis zur Berghütte hinauf anschließen könnten – sie haben ihre Schafe noch draußen auf den Weiden am Gletscherfluss«, sagte Pjetur. Dann ging auch er.

»Ich glaube fast, sie haben es nicht nur auf deine Begleitung abgesehen. Sie rechnen gewiss darauf, dass du ihnen beim Schafsammeln behilflich sein wirst, du mit Leo und Knorz«, sagte die Bäuerin ärgerlich. Sie konnte es nicht leiden, wenn man sich an die Menschen heranmachte, um aus ihren Kräften und ihrer Gutmütigkeit Nutzen zu ziehen. Warum konnten sie Benedikt nicht allein und in Frieden seiner Beschäftigung nachgehen lassen? »Aber das versprichst du mir, du gehst deine eigenen Wege und siehst, deine Sache fertig zu kriegen, solange du noch Essen im Sack hast«, fuhr sie fort und versorgte Benedikt noch einmal mit Fleisch und Kartoffelbrei. Dies war für *ihn* gekocht; sie musste sehen, was sie für die anderen auftrieb.

Doch so ungern Benedikt jemandem etwas abschlug – und zuallerletzt Sigrid auf Botn –, dies konnte er nicht versprechen, dazu kannte er sich selber zu gut. So aß er nur schweigend weiter.

»Kommen sie zu spät, so ist es ihr eigener Schade«, fuhr die Bäuerin fort. »Und fängst du erst an und vergeudest deine Zeit und hilfst ihnen ihre Schafherde einsammeln, so verlierst du bestimmt ein paar Tage.«

»Ach – verlieren«, Benedikt griff das Wort auf, »wie man es nimmt.«

Er wäre am liebsten mit der langen Erörterung über eine unumgängliche Sache verschont geblieben. Denn wenn hier ein Mann kommt, der seine Schafe einsammeln will, und er und Leo und Knorz sind da und können dabei helfen, sind vielleicht sogar unentbehrlich, was bleibt einem da anderes übrig, als sich dem Mann zur Verfügung zu stellen? Er seufzte wohl über diese neue, unvorhergesehene Mühe, aber es war nun einmal so und nicht anders.

»Es wird ein großes Loch in deine Vorräte reißen«, fuhr Sigrid hartnäckig fort. Sie wusste, wie schwerfällig, wie störrisch und unnachgiebig er war, wenn es sich darum handelte, vernünftig zu sein und sich zu schonen.

»Ach, ich bin gut versorgt«, antwortete Benedikt unbekümmert.

»Du bist ein unmöglicher Mensch, dass du es weißt.«

Jetzt kamen die Fremden durch den Hausgang herein, und wirklich war es Hakon von Grimsdal mit seinen beiden Knechten. Sie taten nicht gerade überrascht, Benedikt hier zu sehen, sondern sagten: »Richtig, es ist ja jetzt deine Zeit, wo du in die Berge gehst und die alte Stremba ablaust!« Daran hätten sie denken können, denn das sei ja ein Feiertag, so sicher wie jeder andere im Kalender, will heißen, für Botn und die alte Stremba, die sonst auf Winterbesuch nicht eingerichtet ist. Stremba, die Zähe, so hieß der Weideplatz des Kirchspiels dort drinnen zwischen den Gletscherzügen. Sie fanden sie unbequem und liebten sie nicht.

»Euch hat wohl das Wetter gelockt, gerade heute loszuziehen?«, fragte Sigrid ein wenig spitz.

»Hör einer Mutter Sigrid an!«, lachte Hakon von Grimsdal. »Gelockt – ach nee; gezwungen, Bäuerin, gezwungen. Als Bauer mit Schafen auf Bergweide spät im Herbst darf man nicht allzu zartfühlend sein, nicht allzu rücksichtsvoll gegen seinen Nächsten. Und außerdem können wir ja unserem Benedikt morgen auf seinem Weg in die Berge ein wenig behilflich sein; er hat allerhand zu schleppen, und wir sind kräftige Kerle, was, ihr Burschen? Und übrigens müsste ich mich sehr täuschen, wenn wir beim Aufstieg nicht guten Rückenwind bekommen – und zwar tüchtig!«

»Kann schon sein«, sagte Benedikt ruhig. »Na, jedes Wetter ist besser mit als gegen. Oben in den Bergen.«

»Wenn ihr mit seid, du und Leo und Knorz« – er vermied zu sagen: »die Dreieinigkeit«, obwohl man spüren konnte, dass er es dachte – »so haben wir jedenfalls Hoffnung, die Berghütte zu finden und mit dem Leben davonzukommen«, scherzte Hakon. »Wie es dann auch mit den Schafen abläuft.«

»Ihr hättet sie schon vor mindestens einer Woche

einbringen sollen«, sagte Benedikt ruhig, aber keineswegs vorwurfsvoll; er stellte es nur fest.

»Der Mensch denkt, Gott lenkt, lieber Bense«, murmelte Hakon von Grimsdal. »Ach ja, der Mensch denkt, aber Gott lenkt.«

Doch Benedikt hörte es nicht – er spitzte die Ohren: »Täusche ich mich?«

Aber er täuschte sich nicht. Der Sturm fegte bereits über die gefrorenen Dächer, ein peitschendes, heulendes Schneetreiben, als wäre eine Horde wilder Ungeheuer draußen in der Nacht losgelassen. In einer kleinen Hütte unterm Grasdach, mitten in der dunklen Nacht, hält man das Wetter nicht mehr für ein totes Ding, wenn man es so rasen hört. Der Winter, ein formloses Wesen, aber springlebendig, lebendig bis zur rasendsten Wut, ist wieder da, und man kann hören, wie wohl er sich fühlt. Jaja, Knorz hatte wie gewöhnlich Bescheid gewusst – nur allzu gut. Benedikt stand mit einem Ruck auf. Jetzt wollte er schlafen gehen.

Die verirrten Schafe in den Bergen – jetzt schneiten sie sicherlich ein, schneiten ein unter der Winterdecke, ehe er sie gefunden und heimgebracht hatte. Denn man kann wohl nicht darauf rechnen, dass sie verständig genug sind, sich auf die Höhen zu flüchten, dorthin, wo der Sturm am schärfsten weht und wo doch die einzige Rettung liegt, wenn Himmel und Erde durcheinanderwirbeln und die

Windsbraut rast. Man kann darauf nicht rechnen. Und wenn sie auch die Höhen aufsuchten, sie erfroren wohl doch. Aber jetzt wollte er schlafen. Oder wenigstens allein sein. Man soll seine Sorgen nicht mit anderen teilen. Jeder hat selbst genug.

Und so schliefen sie in dem kleinen Wohnraum des letzten Gehöftes vor der Hochheide. Draußen raste der Sturm, raste und fegte, und rings in der Welt tobten viele Stürme, geschahen viele Dinge. Denn dies war nur ein vergessener Winkel der Welt, hier raste wenigstens nur der Himmel – so friedlich war es hier. Sonst fristeten hier nur Moos und Flechten auf den Steinen ihr mageres Dasein, ein lebendiges Werkzeug des Schöpfers, um in Jahrtausenden den Stein in Erde zu verwandeln, den Auswurf der Krater; um das Feuer der Erde zu Keim und Trieb umzubilden, auf die sich um Mittsommer der Tau niederschlägt und der Reif in den Herbstnächten. Für einen Menschen ist es gut, hin und wieder zu schlafen.

Aber wie Hakon von Grimsdal am nächsten Morgen sagte: »Endet der Sonntag mit Knall, kommt der Montag zu Fall.«

Viel mehr war von diesem Montag eigentlich nicht zu sagen. In Botn begrüßten ihn nur die Kinder mit Jubel. Denn jetzt musste sich Benedikt fügen und dableiben. Und Benedikt fand sich mit Anstand darein und teilte seinen Tag zwischen

Knorz und den Kindern des Hauses. Wenn er nicht draußen war, um nach Knorz zu sehen, was bei solchem Wetter Vorbereitungen erforderte und Zeit kostete, dann saß er mitten unter den Kindern und schnitzte Tiere und Vögel, schnitzte Menschen, setzte Geräte aus Holzspänen zusammen und machte Schiffe mit Mast und Bugspriet und Steuer und einer Jolle am Heck, und das alles, während er zugleich Märchen und Geschichten erzählte.

Hakon und seine Leute hielten sich an die Karten und hoben die sinkende Laune ab und zu durch einen Schnaps, beides erbaulich und stärkend für das Herz, wie Hakon behauptete. »Wirklich erbaulich und stärkend für das Herz.« Denn sein Herz war ja ein bisschen bekümmert wegen der Schafe am Gletscherfluss, aber nur ein bisschen, denn das Schicksal geht ja doch seinen Gang, und den Seinen gibt es der Herr im Schlaf, das war nun einmal seine Erfahrung. Zwischendurch las er die Zeitung und war sehr davon gefesselt. Denn im Ausland, da erfriert, hol mich der Henker, nicht nur das Vieh, da erfrieren auch Menschen. So verrückt geht's da zu. Da hätte Bense verdammt zu tun! Und sie erfrieren nicht nur, sie sterben wie die Fliegen, krepieren vor Hunger und Elend, und das sogar mitten im Sommer, mitten im Sonnenschein. Man möchte es für Schwindel halten, wenn es hier nicht schwarz auf weiß stünde. Da muss ich schon sagen, lieber unsere brave Stremba und unser Winkel. Und viele Hunderttausende, mehr als auf dem ganzen alten Island samt seinen Inseln und Schären wohnen, sind draußen in den großen Ländern arbeitslos, lungern herum und haben nichts zu tun. Warum das so schlimm sein soll, begreift man hier allerdings nicht recht, wo man es gern selber so hätte – was, Burschen? Und kommt mir bloß nicht und behauptet, das wären alles nur Räubergeschichten und die Zeitung ihr Geld nicht wert. Besonders, wenn man sie gratis kriegt. Aber damit ihr nicht in Faulheit und ausländische Arbeitslosigkeit verfallt – los, Burschen! Machen wir mal wieder eine Runde! Und du willst immer noch nicht mittun, Bense? Dann spielen wir zu dritt mit dem vierten Mann blind!

Zu dritt mit dem Vierten blind – ach ja, das Spiel kann Benedikt nachgerade seit siebenundzwanzig Jahren, nur nicht an einem Klapptisch und mit bunten Blättern in der Hand. Und so verging auch dieser Tag.

Am Dienstagmorgen war Benedikt zeitig auf. Noch wehte ein kräftiger, scharfer Wind, aber das Wetter hatte sich doch etwas aufgeklärt; ganz so bodenlos und dicht wie gestern fiel der Schnee nicht mehr. Außerdem hatte man sich daran gewöhnt. Er stand draußen, im nächtlichen Dunkel, und wandte die noch bettwarmen Backen dem Schneetreiben zu, erst die eine, dann die andere.

Neuer Schnee schien es nicht mehr zu sein, nur noch aufgewirbelter, der einem ja auch genug zu schaffen machen kann. Aber es war nicht unmöglich, dass er sich besinnen und im Lauf des Tages legen konnte. Und dann war es gut, auf dem Marsch in die Berge zu sein und ein Stück Weg hinter sich zu haben. Er ging also eilig wieder hinein und weckte die Leute von Grimsdal. Er gehe jetzt – wenn sie mitwollten.

»Ungern«, antwortete Hakon, fuhr aus dem Bett und horchte nach dem Wind, schnupperte ihn ein, kostete an ihm. »Ungern – verdammt ungern.« Aber Benedikt rüstete sich nur weiter. Es wäre seine, Hakons Sache, ob er mitwolle oder nicht. »Übernimmst du die Verantwortung?«, fragte der Bauer von Grimsdal.

»Für Knorz, Leo und mich selber – ja«, erwiderte Benedikt.

»Vorgetan und nachbedacht, hat manchem schon groß Leid gebracht«, sagte Hakon und machte sich unter leisem Fluchen fertig, um ihm zu folgen. »Aber wenn du auch die Verantwortung für uns nicht übernehmen willst, hast du wohl nichts dagegen, dass die Knechte den Heusack tragen. Ja, nun denn, Pjetur und Sigrid, schönen Dank für diesmal. Und hoffentlich kommen wir lebendig zurück. Sonst habt ihr nur noch mehr Schererei mit uns. Vergesst die Spielkarten nicht, Burschen!«

Benedikt holte aus seinem Sack eine kleine Decke hervor, die er Knorz auf den Rücken band, damit sich der Schnee nicht in seiner Wolle festsetzte und ihn unterwegs belastete. Der Bauer von Grimsdal fragte, ob Papst Leo nicht auch ein Messgewand bekäme. Benedikt ließ ihn reden, band eine Schnur um Knorzens Horn und – »Also los!«

Knorz hatte keine Lust und verhehlte dies keineswegs. Und Hakon verbarg ebenfalls keineswegs, dass er Knorz klüger fand als seinen Herrn. Aber hier gab eben Benedikt den Ton an. Und nun ging es los.

Knorz war denn auch gefügig, als er einmal sah, dass es Ernst war und man sich nicht nach ihm richten wollte. Sobald er die Schnur um die Hörner fühlte, legte er los und lief mit wie ein Hund. Er gab sich Mühe, Benedikt zu zeigen, dass er nicht etwa aus Angst oder Böswilligkeit gegen den Aufbruch gewesen war. Aber freundlich, nein, freundlich war er heute nicht. Leo musste sich in Acht nehmen. Wenn der Sturm ihn packte und ihn gegen Knorz oder ihm in den Weg trieb, bekam er die Hörner zu spüren. Doch Leo ließ sich weder reizen noch unterkriegen; er war ja hierin wie in allem andern ein richtiger Papst, ließ sich nichts anfechten, biss nicht ein einziges Mal wieder, sondern war ganz davon erfüllt zu zeigen, dass er auch nicht von gestern war. Wenn die anderen sich im Schnee verirrten, würde er sie schon sicher heimführen.

Die vier Männer, die dort marschierten, hatten den Sturm und den Treibschnee fast genau im Rücken. Glücklicherweise. Denn als sie die Höhe erreichten und die flache, wellige Hochebene begann, erleichterte der Rückenwind das Wandern. Der Schnee war vom Wind hart gepeitscht und trug sie meistens, nur Knorz mit seinen spitzen Hufen brach immer wieder durch. Die Männer hatten von Botn etwas heißen Kaffee in Flaschen mit; sie machten im Schutz eines Felsblocks halt, um ihn zu trinken. Das Dunkel war allmählich aus der Welt verebbt, während sie sich zur Höhe hinaufarbeiteten. Jetzt war es nur noch das dichte Schneetreiben, was die Formen der Landschaft verhüllte und das Gefühl erweckte, als gingen sie an der gleichen Stelle. Aber sie wanderten unverdrossen. Denn wenn man Fuß vor Fuß setzt und die Richtung einhält, geht es voran. Hie und da erkannten sie einen Sandhügel, einen Felsen, eine Kluft wieder. Sie waren auf dem rechten Weg. Und allmählich ließ der Sturm nach, sie begannen die Linien der nächsten Höhenzüge, der nächsten Berge zu ahnen; denn der treibende Schnee unter den tiefhängenden wolligen Wolken verwischte alle klaren Umrisse. Aber die Erde fing doch an, wieder Formen zu gewinnen und in gewohnter Gestalt hervorzutreten.

Da gingen nun die Männer mit ihren Hunden und dem Widder durch den kurzen Tag, gingen unaufhaltsam, und während sie wanderten, war eine Nacht im Westen versunken. Bald würde eine neue aus Osten auftauchen. Der Tag war so kurz, dass sie ihn zwischen den Bergen verwanderten, fast ohne es zu merken. Er war fort; eine neue Nacht schlug über ihnen zusammen – sie gingen und gingen. Geredet wurde fast gar nichts, der Wind war ja immer noch steif. Aber während sie ausschritten, summten sie vor sich hin; sie hatten als ein Stück ihrer Wegzehrung Verse und Strophen aus Rimur, Chorälen und Liedern mit, nach denen sie marschierten. Sie wechselten damit ab, je nachdem ihre Laune, die Umstände oder das Wetter wechselten. Benedikt hatte sein Lied für sich:

Schnee und Sturm und Felsgestein
Stählt den Fuß und übt das Bein.
Immer hinterm Ofen sein,
Macht das Leben arm und klein.

Eine selbstgemachte Strophe, gut zu summen, wenn der Wind weht und einem die Worte von den Lippen reißt: Lass sie unter uns beiden bleiben. Nein, es bestand keine Gefahr, dass jemand sie ihm ablauschen könnte. Die spärlichen Versuche, sich zu verständigen, hätten sie sich getrost sparen können; selbst wenn sie schrien, riss der Wind die Worte in Fetzen und fegte sie über die Flächen. Da flogen sie hin, von den scharfen Geschossen des Treibschnees durchlöchert. Hakon, der die Kälte zu spüren begann, bot Schnaps an, nahm selber einen Schluck und versuchte die Wirkung durch die alte Gespensterweise zu erhöhen:

Ein Fass voll Schnaps gieß in des Grabs
    Moder und Gesteine,
Denn eines scharfen Schlucks Bedarf
    Zuckt mir durchs Gebeine.

Und jetzt war, wie gesagt, wieder Nacht, Nacht mit selten durchbrechendem Mond hinter zerrissenen Wolken. Die Wanderer sind nur Schatten in der Nacht und der Schneewüste. Ob Benedikt noch weiß, wo sie sind? Die drei anderen verließen sich darauf, dass er es wohl noch wüsste: in ihrem Innern stieg ein großes Zutrauen zu Benedikt, Knorz und Leo auf, zu der »Dreieinigkeit«, wie sie die drei unter sich zu nennen pflegten. Aber was hatten sie auch sonst viel, dessen sie sich vertrösten konnten? O je – nur nicht fragen, nur immer gehen.

Eil mit Weile, eil bedacht,
Ohne Hetz ist's gut gemacht.
Nach dem Tag folgt stets die Nacht,
Nutzlos Pulver blitzt und kracht.

Und sie eilten mit Weile, bewegten sich bedachtsam; nach achtzehn Stunden Wanderung gibt sich das von selbst. Sie schalten auf das Pulver mit seinem nutzlosen Blitz und Krach, obwohl sie nichts gegen eine Kanone gehabt hätten, um sich das letzte Stück Weges vorwärts schießen zu lassen, wenn man auch dabei mancherlei Gefahr auf sich nehmen müsste. Aber endlich kamen sie doch ans Ziel. Aus Nacht und Schnee tauchte plötzlich eine winzige Erhöhung auf, ein kleiner Holzgiebel hob sich merkwürdig blind und tot und verlassen aus den Schneewehen heraus, wie versunken in seiner Schwermut und Trostlosigkeit. Der Rest des Hauses musste wohl irgendwo unter dem Schnee zu finden sein. Sie waren wahrhaftig auf die Berghütte gestoßen, genau auf ein Haar. Dieser Benedikt war doch ein Zauberer und Meister von Kopf bis Fuß. Sehr viele menschliche Fehler waren jedenfalls an ihm nicht zu entdecken, aber als Ersatz dafür allerdings zwei ganz unmenschliche: er spielte nicht und trank keinen Schnaps. Aber wo war denn jetzt die Tür? Denn eine Tür musste jetzt her.

Benedikt nahm seinen Stock, der unten in eine Schippe auslief; rasch hatte er die Tür freigeschaufelt, der feste Schnee ließ sich leicht in Würfel ausstechen, die dann beiseitegekippt wurden. Und so hatten sie denn ein Haus mit Stufen zur Tür hinunter und einen kleinen Gang. Sie traten ein, steckten die Kerze an, und bald darauf knisterte ein warmes Kohlenfeuer in dem winzigen Herd.

Benedikt sorgte zuallererst für Knorz. Er ging zur Quelle nach Wasser, denn die Hütte war an einer Wasserader gebaut, die niemals zufror. Während Knorz trank, nahm er einen Heuwisch aus dem Sack, schüttelte ihn gut durch, säuberte, so gut es gehen wollte, Knorz' Hufe von Schnee und Eisklumpen und schmierte sie und die Hachsen mit Fett ein – braver alter Knorz.

Die Hütte war in zwei Räume abgeteilt. Zuerst kam man in einen Stall und von dort in ein Stübchen mit einer Bettstatt, beinahe ein richtiges kleines Schlösschen. Als Benedikt seinen Widder versorgt hatte, ging er zu den andern hinein. Jetzt, wo die Einsamkeit gleichsam draußen vor der Tür stand, verspürte er im Innern, wie gut es doch tat, mit Menschen zusammen zu sein, selbst wenn sie manchmal etwas geschwätzig sind. Es duftete schon nach Kaffee. Benedikt suchte sich einen freien Platz am Herd, hängte sein nasses Zeug zum Trocknen auf und machte sich daran, Eisklumpen aus Haar und Bart zu klauben. »Da wären wir so weit.«

»Ja, du bist ein Kleinod, Bense«, sagte Hakon großartig, »und unser Lebensretter. Du solltest eine Medaille bekommen, mit der du in die Kirche gehen könntest, und eine Summe Geld aus dem Ausland. Du hast uns das Leben gerettet, wie gesagt, aber was ist ein Mann ohne seine Schafe – ein Bettler, mein Lieber, weiter nichts. Ein solcher Mann kann mit seinem Wort keine Medaille und kein Geld herbeizaubern, darauf kannst du dich verlassen. Und meine Schafe – Gott weiß, wo die sich herumtreiben, wenn sie sich überhaupt noch herumtreiben. Wahrscheinlich hat es sie allesamt in den Fluss geweht. Oder sie sind eingeschneit und unterm Schnee erstickt. Und da sitzt unsereiner und tut sich gütlich. Aber, hol's der Teufel, machen wir uns über den Kaffee her, solange noch welcher da ist. Man weiß nie, wie der nächste Tag aussieht. Und andererseits passiert selten etwas so Schlimmes, dass man sich nicht noch Schlimmeres denken könnte.«

Sie füllten ihre Becher und setzten sich – der Bauer und Benedikt auf die Bettkante, die Knechte auf den Fußboden. Und jetzt holte Benedikt auch seinen Proviant heraus, aß Brot, Butter und Fleisch, und spülte es mit glühendheißem Kaffee hinunter. Das tat ihnen so gut bis in die Zehen und Fingerspitzen hinein, so dass sie sich zu einem kleinen Berglied aufschwangen: »Reiten, reiten und jagen übern Sand! …« Ach ja, hätte man einen Gaul zwischen den Schenkeln gehabt, so wäre man jetzt nicht so steif. Allerdings säße man dann wohl auch irgendwo draußen bis an den Hals im Schnee. Doch nun brauchten sie Schlaf und keinen Gesang.

Schon beim zweiten Vers gähnten sie. Und dann legten sie sich hin und schliefen.

Da lagen sie wie hingeworfen, vier schlafende Männer in einer Gebirgshütte, im Schnee begraben. Vier todmüde Männer, deren Atemzüge jeden Augenblick in Schnarchen übergingen, abschwollen und mit wechselnder Stärke neu einsetzten, wie das Unwetter, dem sie soeben entronnen waren. Auch die Hunde schnarchten, ja selbst der Widder Knorz gab Schlaflaute von sich. Und indessen wanderten hoch überm Dach und hinter Schneewolken die Himmelszeichen vorüber, maßen Tag und Nacht aus, auch für jedes Stückchen Erde und die in der kleinen Hütte bleiern schlafenden Geschöpfe, beendeten die Nacht auf die Minute und ließen einen neuen Tag aufgehen. Jetzt war er da. Es war Zeit zu erwachen. Und sie wurden wach, irgendetwas rief sie; steif und lahm dehnten und streckten sie neues Leben in den müden Leib. Sie meinten, soeben erst eingeschlafen zu sein; aber es wurde ja schon hell in der Hütte – also los, den Kessel übers Feuer!

Wie zu erwarten, waren die Grimsdaler Schafe nicht so leicht zu finden und zusammenzutreiben. Der Sturm hatte sie zum Teil von den Wiesen am Ufer des Gletscherbaches abgedrängt. Vor allem galt es erst einmal, sie zu finden, und als man sie endlich hatte – ja, da war der Schnee überall schwer zu durchwaten, und die Tage waren kurz. So kurz

42

sind sie zur Zeit der Wintersonnenwende. Hätte man Knorz nicht gehabt und zu den einzelnen Gruppen mitnehmen können, um sie zur Berghütte zu leiten – Knorz, der drauflosgeht, bis er im Schnee festsitzt und ausgegraben werden muss, und der die andern ununterbrochen ansteckt mit seiner Kraft und seinem Mut –, ja, wie wäre es dann gegangen, was hätten sie machen sollen? Hakon gibt es gern zu und ist nicht sparsam mit seinem Lob für Knorz. Auch Leo kommt bei seinem Ruhm nicht zu kurz – er ist so tüchtig im Verfolgen selbst älterer Spuren und im Aufstöbern von Verstecken der Schafe. Ja, er wittert sogar, wo sie liegen, eingeschneit in Gruben und Senken. Ob Benedikt sich nicht entschließen könne, ihn zu verkaufen? Aber Benedikt kann sich nicht entschließen. Nein, nein. Einen Papst schleppt man nicht so mir nichts dir nichts auf den Markt. Und abends saß man gemütlich in der Hütte und entbehrte Benedikt nur ungern bei dem gemeinsamen Vergnügen. Immer noch kein Spielchen? Gut, dann also zu dreien mit dem vierten Mann blind.

Ein Tag, zwei Tage, drei Tage gingen hin. Der Sturm hatte sich gelegt. Das Wetter war still und verhältnismäßig mild – solange es dauerte. Und endlich am Freitag, kurz nach Mittag, konnte der Bauer von Grimsdal mit seinen Schafen heimziehen, nordwärts zu den Höfen. Sie waren gefunden und gesammelt bis zum letzten. Benedikt brachte sie noch auf den Weg über die Heidekämme, die sich sanft zum Flusstal hinabzogen, bekam seinen Dank, einen dreifachen Händedruck und einiges Kopfnicken und ein paar Abschiedsrufe. Dann stand er und sah eine Weile den Abziehenden nach, schlenderte zur Hütte zurück, schloss die Tür, versorgte den erschöpften Knorz mit Wasser und Futter, streichelte Leo, streckte sich in dem leeren Bett der Länge lang auf dem Rücken aus und ließ die eine Hand auf Leo, den Freund und Kameraden, hinaushängen. Jetzt wollte er ausruhen. Nichts als ausruhen. Sich sammeln, wieder ganz werden – auch innerlich. Advent … Wie lange der letzte Sonntag schon vorbei war!

Der Mensch hat viele Arten, sein Leben zu leben. Manche reden, andere schweigen. Manche müssen mitten unter ihren Mitmenschen sein, um sich wohl zu fühlen, andere werden erst richtig sie selbst, wenn sie ganz allein sind, jedenfalls hin und wieder. Benedikt war sonst nicht menschenscheu. Aber auf seinen Adventswanderungen war er gewohnt, ohne menschliche Begleitung zu sein. Dieser Dorftratsch tagaus tagein ermüdete ihn unsäglich in den Bergen. Der gehörte nicht hierher. Ganz so schlimm wie diesmal war es freilich in früheren Tagen mit seiner Empfindlichkeit nicht gewesen. Ja, man wurde alt. Wohin war der Friede und die tiefe Ruhe vom letzten Sonntag? Wohin die Erwartung? Wohin die Zuversicht? War es wirklich erst fünf Nächte her? Oder nein, umgekehrt musste er fragen: War es wirklich schon fünf Nächte her? Dann wäre er ja bald wieder zu Hause gewesen, wenn alles nach seinem Plan gegangen wäre. Und stattdessen lag er hier, verschlissen wie seine alten Kleider. Auch innerlich zerrissen. Ach ja, die Zeit geht, man ist nicht mehr jung.

Hatte er geschlafen und geträumt? Oder klopfte es wirklich? Er musste wohl geschlafen haben, denn Leo stand an der Tür und bellte wie verrückt. Aber er hatte nicht geträumt, denn jetzt klopfte es wieder, drei abgezählte Schläge. Benedikt sprang auf die Füße und schloss auf. Es war ein junger Mann, daheim aus der Nachbarschaft, Jon auf Fjall. »Hast du unsere Füllen gesehen?«

Benedikt hatte wohl Hufspuren bemerkt, besonders unten am Fluss und auch anderwärts. Aber die Pferde selbst hatte er nicht gesehen; jedenfalls waren sie nicht hier in unmittelbarer Nähe. Er hatte sich allerdings nicht weiter darum gekümmert; es war ihm nicht in den Sinn gekommen, dass jemand seine Fohlen um diese Zeit noch hier draußen haben könnte.

»Hält dich dein Bauer für alt und erfahren genug, um zu dieser Jahreszeit hier oben allein zurechtzukommen, mein Junge?«

Jon auf Fjall meinte, er brächte schon fertig, was andere fertig brächten. Das mag schon stimmen, dachte Benedikt, aber ein junger Mann und noch unerfahren, das ist er doch. Und da sie einmal beisammen waren, so hatte er damit sozusagen die Verantwortung für ihn übernommen. Wenn Benedikt morgen seiner Wege ging, ohne sich um Jon und seine Fohlen zu kümmern, und dann nach ein paar Tagen heimkam und Jon war nicht zurück, sondern im Gebirge verkommen – was dann? Und außerdem war Knorz ein Ruhetag schon zu gönnen.

»Wir wollen morgen sehen«, sagte er und hatte schon den Kaffee für den jungen Menschen fertig.

»Meinst du wirklich, du hättest Zeit, dass wir uns zusammen etwas umsehen könnten?«, fragte Jon, unfähig zu Hintergedanken und Heimlichtuerei.

»Was heißt Zeit«, antwortete Benedikt, und es tat ihm einerseits wohl, aber doch auch wieder ein bisschen weh, dass der Bursche mit seiner Hilfe offenbar nicht gerechnet hatte.

Der Samstag verging mit der Suche nach den Fohlen. Aber dann hatten sie sie auch. Sonntagmorgen konnte sich der junge Mann auf den Heimweg machen, mit Grüßen an die daheim. »Und wenn ich auch noch nicht weitergekommen bin, es muss doch jeder einsehen, dass die Woche nicht verloren war«, sagte Benedikt, denn ein paar Worte der Entschuldigung schienen ihm nötig.

Und jetzt hieß es den Tag ausnutzen und sich in die Berge aufmachen, noch tiefer hinein, dorthin, wo es keine Wege und Stege von Tal zu Tal mehr gab. Aber er fühlte sich etwas matt in den Gliedern, zu großen Taten nicht gerade aufgelegt. Es war eine stramme Woche gewesen, das ließ sich nicht leugnen. Und doch nur ein Kinderspiel gegen das, was noch kommen sollte.

Ganz merkwürdig war ihm der Gedanke, dass er in anderen Jahren an diesem Tage schon wieder zurück gewesen war, daheim, dass er alles schon überstanden und die Schafe geborgen hatte und mit einem Herzen voll Dankbarkeit und Festtagsstimmung in der kleinen Kirche saß und des Pfarrers Predigt über das Scherflein der Witwe hörte oder über die Zeichen von Sonne und Mond – denn »es werden Zeichen geschehen an Sonne und Mond und Sternen, und auf Erden wird den Leuten bange sein, und sie werden zagen, denn das Meer und die Wasserwogen werden brausen«. So stand es geschrieben.

Auch er hatte sich ja einmal vorm Tode geängstigt, ja, und auch vorm Leben, wenn man es genau nahm. Geängstigt – aber es ist lange her. Auch diese Angst liegt in den Bergen begraben. Jetzt ist es meist so still in ihm und um ihn. Still wie in den Bergen.

Gedankenvoll saß er da und packte seinen Rucksack. Er musste die Müdigkeit und Schwere abzuschütteln suchen und den Tag ausnutzen, um hinein- und hinaufzukommen – ein Stück Weges. Mitten im Packen stand er auf, ging hinaus und sah nach dem Wetter. Was war jetzt das wieder, da drüben auf der andern Seite des Flusses? Pferde und Leute, wahrhaftig! Das musste die Post sein, die übersetzen wollte. Aber warum denn? Hier war ja niemand mit Pferden zur Ablösung. Eilig ging Benedikt wieder hinein und setzte Kaffeewasser auf. Aber der Postmann wollte sich nicht aufhalten; er hatte einen Schlitten und einen Gehilfen zum Ziehen.

»Der Tag ist kurz, mein Lieber, und meine Ablösung verspätet. Sie sitzen wohl irgendwo fest. Wir müssen schleunigst weiter und sie suchen.«

Drüben, jenseits des Flusses, war ein Begleiter, der bis hierher mitgekommen war, schon wieder auf dem Rückweg nach Süden. Grimur von Jökli, der Fährmann, stand neben Benedikt und sah mit ihm zu, wie sich diese weitreisenden und seltsam unsteten Leute nach Norden und Süden entfernten. Grimur hatte nichts gegen einen Schluck Kaffee einzuwenden, da er nun einmal gekocht war. Gottes Gaben soll man nicht verschmähen.

»Du scheinst dich für den Rest deiner Tage hier festgesetzt zu haben und hier Haus und Schenke zu halten«, scherzte er. »Man hat hier schon seit bald einer Woche Rauch gesehen.« Er warf einen Sack Kohlen neben den Herd. »Ich dachte mir, du wärst bald fertig mit deinem Vorrat, deshalb habe ich den da mitgebracht. Schließlich bin ich es ja, der das Feuerloch füttern muss. Aber was treibst du denn hier?«

Benedikt erzählte, dass er eigentlich auf seiner üblichen Jahresschlusstour sei und es dann so und so gegangen wäre, »und inzwischen kommen und gehen die Tage – man bringt an einem nicht viel zuwege, besonders in dieser Jahreszeit.«

»Schlau von Hakon«, meinte Grimur. »Und von dem auf Fjall!«

»Na ja, aber Schafe sind Schafe und Pferde sind Pferde«, wandte Benedikt ein, und das war ja nicht zu bestreiten. »Man muss das eine tun und das andre nicht lassen. Was hat es für einen Sinn, wenn ich ein paar einzelne verirrte Viecher finde und ganze Herden gehen zugrunde? Hakon hat seine ja schließlich wieder, aber wären Leo und ich nicht beim Suchen dabei gewesen – vor allem natürlich Leo … Nein, Grimur. Und außerdem hättest du es genauso gemacht.«

»Das hätte ich nicht, Sakrament noch mal!«

»Doch, doch. Und es hat noch das Gute, dass ich jetzt die Stremba dort nicht mehr abzusuchen brauche, wo wir schon waren.«

»Natürlich hast du dabei von deinen eigenen

Vorräten leben müssen – ich möchte wetten?«, sagte Grimur, der in manchem ganz anderer Meinung war als Benedikt.

»Nun ja, aber ich nehme ja meistens Proviant für einen halben Monat mit, gut und gern, und das wusste Hakon. Sie haben auch Knorzens Futtersack für mich getragen, den ganzen Weg von Botn bis hierher.«

Aber Grimur schüttelte nur den Kopf, schlürfte verbissen den Kaffee aus der Untertasse und lutschte mächtig an seinem Stück Kandiszucker.

»Schön abgerackert siehst du aus, um es geradeheraus zu sagen. Und was ist das überhaupt für eine Behandlung von Knorz. Manch einer ist wegen geringfügigerer Sachen beim Tierschutz angezeigt worden, dass du es nur weißt. Knorz läuft doch, bis er zusammenbricht, wie gewisse Leute auch, und das weißt du ganz genau. Und hast du nicht die Verantwortung für ihn? Jetzt binden wir den Heusack hier an einen Pfosten, so – Knorz ist verständig, wie ein Mensch, er wird schon haushalten. Und dann sorgen wir für Wasser und Streu, so, siehst du – jetzt können ihm ein paar Tage Einsamkeit nichts schaden. Denn du bist dir doch klar, dass du nicht drum herum kommst, jetzt mit mir nach Hause zu gehen und ein paar Nächte richtig auszuschlafen? Zu Haus kannst du selbst einen Sack für Knorz füllen und mit hierher nehmen. Und brauchst nicht von deinen eigenen Vorräten zu leben. Keine Widerrede! Hier ist jetzt genug geflucht worden, wenn man bedenkt, dass wir erst in der siebenten Winterwoche sind und heute Mariä Empfängnis haben.«

Über einen Gletscherstrom setzen – wo man das Boot erst ein gut Stück flussauf ziehen muss und während der Überfahrt um die mehrfache Flussbreite stromab treibt –, das ist, als käme man in ein anderes Land, fast in ein anderes Leben. Innerlich geht ein Riss durch einen – wie wird man wiederkommen? Aber Benedikt war zu müde. Schon auf dem Wege zum Gehöft hinauf, das vor dem schlimmsten Nordwind geschützt zwischen Hügeln lag, schwankte er vor Mattigkeit und wäre fast eingeschlafen, wie er ging und stand. Auf dem Hofplatz wandte er sich um und blickte zurück. Aber die Berghütte mit allem, was sie enthielt, war fort, war hinter den Hügeln verschwunden. Nur die Berge im Norden standen noch an ihrem Platz, aber jetzt irgendwie unerreichbar fern. So unerreichbar, dass es ins Herz schnitt. Denn dort war doch der Platz, an den er jetzt gehörte. Er konnte sich kaum noch ausziehen, dann sank er um und schlief ein. Und jetzt war er oben in seinen Bergen, fand Schafe und quälte sich mit ihnen ab, arbeitete und arbeitete. Einen Augenblick waren Leo und Knorz bei ihm, im nächsten waren sie wieder fort und er mit einer Schafherde ganz allein. Ein Teil von ihnen war faul, ein andrer widerspenstig, und das Unwetter brodelte um ihn, und der Weg war so beschwerlich wie möglich, der Schnee locker und grundlos. Und in seiner Nähe ging ein Mann, unsichtbar – nicht nur wegen des Wetters –, der ihm zugleich freundlich und feindlich gesinnt war. Was wollte der nur von ihm? Und hinter dem Traum wusste er, dass die Zeit verging, dass sie nicht stille stand, sich von keinem Flusse aufhalten ließ und niemals müde wurde, dass sie weiterlief, rätselhaft wie ein Gletscherstrom. Über einen Schlafenden schreitet sie fort wie über einen Toten.

Benedikt lag mit einem Schlage wach in einer mondhellen Wohnstube. Also Nacht. Er fühlte sich ausgeruht. Und plötzlich ließ es ihm keine Ruhe mehr. Er schwang sich aus dem Bett und weckte einen jungen Knecht im Bett gegenüber, indem er ihn sacht an der Schulter rüttelte. Dann saßen sie beieinander, zogen sich so leise wie möglich beim Mondlicht an und schlichen auf Strümpfen die Treppe hinunter, niemand anderes durfte wach werden. Der Knecht wollte Kaffee machen, aber Benedikt bat ihn, es zu lassen.

»Warte, bis du wieder zurück bist. Du kannst in einer Stunde wieder hier sein. Dann kochst du dir welchen. Komm jetzt.«

Sie flüsterten miteinander wie ein Paar Verschworene, obwohl sie bereits aus dem Hause heraus waren. Benedikt trieb zur Eile. Er hatte keine Ruhe mehr. »Sieh, wie eilig der Mond es hat. Und heute Nacht habe ich Lust, ein Stück mit ihm um die Wette zu laufen. Ehe es Tag wird, kann ich den halben Weg zu der andern Berghütte hinter mich bringen und noch vor Abend am Ziel sein.«

»Was für eine Berghütte?«, fragte der junge Bursche, der erst halb wach war.

»Na, mein Loch da drinnen«, antwortete Benedikt.

Der Heusack stand in der Vorratskammer bereit. Der junge Mann band ihn sich auf den Rücken. Wären die Hausleute wach gewesen, dann hätte Benedikt sicherlich seinen Proviant ergänzt bekommen. Aber das musste nun gehen, wie es ging. Bei solchem Mondschein konnte man gleichsam von der Luft leben; er würde schon auskommen. »Schnee und Sturm und Felsgestein …«

Sie schnallten die Skier an und glitten im Mondschein über das eisgraue Land, das sich rings im Kreise dehnte bis zu den Bergen hinüber. Einem unbekannten Ziele zu, das der Mittelpunkt war, der flieht und doch zugleich bleibt und endgültiges Ziel ist. Bald senkten sich die Höhen zum Fluss hinab. Es ging rasch, Leo sauste wie ein Pfeil neben ihnen her und bellte laut vor Vergnügen.

Und dann waren sie über dem Fluss. Benedikt

half das Boot am Ufer flussauf ziehen, nahm dann den Heusack auf den Nacken, gab dem Boot einen Stoß: »Schönen Dank und komm gut über – und grüß daheim!«

Und dann trieb das Boot den Fluss hinab im Dämmerlicht und Mondglitzern, doch schräg genug, um das jenseitige Ufer an der richtigen Stelle zu treffen. Benedikt war wieder allein in seinem Lande. Er ging hinauf und begrüßte Knorz. Und hier draußen in Nacht und Einsamkeit und Mondlicht kam ihm wieder eine Ahnung von Feiertag, von Advent, ein Nachhall von Tönen in der Luft, von Glockenklang, von Erinnerungen an Sonne und Heuduft, von Hoffnung auf ein Sommerland. Oder nicht? Am Ende war es nur eine besondere Art von innerer Stille.

Knorz begrüßte die beiden anderen mit einem zufriedenen Blöken, stand auf, schüttelte sich und war fertig. Er drängte sich dicht an Benedikt, als dieser ihn richtig begrüßte und sich überzeugte, wie es ihm ergangen war. Ja, er ließ sich sogar herab, Leos Schnüffeln zu erwidern, als der ihm die Schnauze entgegenstreckte, und Leo wedelte geschmeichelt und wonnevoll mit dem Schwanz. Doch er konnte natürlich wieder nicht Maß halten, küsste den Kameraden, ja, setzte ihm die Vorderpfoten auf den Rücken – und bekam denn auch eins mit dem Horn ausgewischt – in aller Freundschaft natürlich, aber doch zur Warnung. Es ging ihm aber nicht weiter nahe.

Benedikt war mit seinem Knorz und dessen Verhalten durchaus zufrieden. Er hatte den Heusack verständig und mit Maß benutzt. Jetzt bekam er seine Morgenportion, ordentlich aufgeschüttet, in eine gesäuberte Krippe. Dann wurde sein Wassereimer gespült und mit frischem Wasser aus der Quelle gefüllt. Und dann gab es ein einträchtiges Frühstück für sie alle drei in der Hütte. Denn jetzt schlug die Stunde.

Benedikt nahm den Rucksack auf den Rücken, schnallte in aller Ruhe die Skier an, stellte den Heusack vor die Tür und schlang eine Leine um Knorzens Hörner, löschte das Kaffeefeuer im Herd mit Wasser aus dem Eimer, sah sich in der Hütte um, ob alles ordentlich auf seinem Platz war, ging dann mit seinen Genossen hinaus und schloss die Tür. Dann warf er den Heusack über die Schulter, ordentlich schwer war er jetzt zu Anfang, und schlug im Mondschein den Weg in die Berge ein, den Widder an der Leine und den Hund auf den Fersen. Es war tüchtig kalt. Da es aber so windstill war, legte sich die Kälte nur wie ein kühler Hauch auf die Haut und durchschnitt sie nicht. Sie nahmen es mit Ruhe, die drei: »Eil mit Weile, eil bedacht, ohne Hetz ist's gut gemacht.« Es wandert sich gut im Mondenschein und zwischen den Bergen.

Benedikt blickte zum Himmel hinauf. Das Sternenrad dort oben hatte schon eine Vierteldrehung gemacht, seit er den Kopf aus der Haustür auf Jökli gesteckt hatte. Solchen Schwung hat die Zeit, ob man ihr nun folgt oder nicht. Doch schön ist's, mit den Sternen zu wandern und gleich ihnen in Bewegung zu sein. Es ging sich gut hier. Die verschneiten Berge wirkten im Mondlicht so niedrig und fern, und hier und da spiegelten sich Streifen von Sternenlicht in schwarzblankem, nächtlichem Eis. So eine Wanderung war wie ein Gedicht mit Reimen und herrlichen Worten; sie wurde im Blut zu einem Gedicht. Und wie ein Gedicht lernte man sie gleichsam auswendig – und dann trieb es einen immer wieder hierher, um zu sehen, ob alles unverändert war. Und das war es: fremd und unerreichbar – und zugleich vertraut und unentbehrlich. Endlich kam tiefe Ruhe über Benedikt. Eine Sicherheit, tief aus dem Herzen quellend, weitete sich und wurde allumfassend, unfehlbar: hier ging er. Ja, er ging hier.

Ihm war wie einem Mann zumute, der am Ertrinken war und plötzlich den Kopf aus dem Wasser steckt und gerettet ist. Die Luft strömte ihm entgegen wie ein Quellwasser; er trank sie in sich. Dies war sein Leben – hier zu wandern. Und weil nun dies sein Leben geworden war, ist er jetzt für alles gerüstet, für alles, und kann es willkommen heißen.

Er hat keine Sorgen mehr – doch, eine: er kann sich nicht recht denken, wer nach ihm hier wandern wird. Doch irgendjemand wird wohl kommen.

Denn es konnte doch nicht die Absicht des Schöpfers sein, die armen Tiere, die sich hier verirrten und bei der Schafeinsammlung im Herbst nicht gefunden wurden, ihrem Schicksal zu überlassen, wenn er, Benedikt, einmal nicht mehr da war? Das konnte doch wohl seine Absicht nicht sein. Denn wenn auch Schafe nur Schafe sind, so sind sie doch Wesen von Fleisch und Blut, Wesen mit Blut und Leben und Seele. Knorz – war der etwa ein seelenloses, totes Ding? Oder Leo? Oder Faxe? War ihre Unschuld, ihr Vertrauen geringer als der schwächliche Glaube der Menschen? Benedikt schüttelte den Kopf. Wer auch sein Nachfolger sein würde, er konnte ihm nichts Besseres wünschen als solche Genossen. Mit solchen Begleitern war man nicht allein in der Welt. Mancher hat anderes und mehr – vermutlich. Aber wer hat Besseres? Man müsste sehr undankbar sein, um zu finden, dass man ein anderes und reicheres Los im Leben hätte haben können. Undankbar und dumm. Als ob es auf Erden bessere Geschöpfe geben könne als seine drei Freunde. Es ist etwas Heiliges und Unverletzliches in dem Verhältnis zwischen Mensch und Tier. Eines schönen Tages stand man da und musste sich entschließen: eine Kugel für den einen, ein Messer für den anderen. Das war der Preis. Darin lag die Verantwortung. Man musste sich zum Herren nicht nur über ihr Leben machen, sondern auch über ihren Tod. Nach bestem Wissen und Gewissen. So war das Leben. Es tat weh. Nur wer es erlebt hat, kann ahnen, wie weh es tut. Gewissermaßen waren wohl alle Tiere Opfertiere. Aber – war nicht alles Leben Opfer? Wenn es in rechter Weise gelebt wurde? War nicht dies das Rätsel, dass die Kraft des Wachstums eine innere Kraft ist, eine eigentliche Selbstverleugnung, und dass alles Leben, das nicht im innersten Kern Opfer ist, eine Überhebung ist und der Tod sein Sold?

Aber lass ab. Es war ja doch unfasslich. Das Sichere war, dass diese drei hier in Nacht und Mondschein zwischen stillen Bergen wanderten – einem Ziele zu. Ein Ziel hatten und es kannten. Alle drei. Kein hohes Ziel, aber doch ein Ziel.

Die Sterne verblassten in den Morgen hinein. Auch die Umrisse der Berge wurden matt, verschwammen in dem unsicheren Tagesgrauen. Und dann war es Tag. Etwas Befreiendes und zugleich Unerbittliches ist immer über einem Tage, zumal bei seiner Geburt. Und mit dem Tage erwachen die Winde. Vorläufig waren es nur ein paar kaum merkliche Züge aus verschiedenen Richtungen, die wie im Halbschlaf ein Fünkchen Leben in den Schnee hineinbliesen, der locker obenauf lag. Aber bald genug schien sich das Volk der Winde klar zu sein, wo hinaus sie heute wollten. Sie begannen bergauf, bergab Schlitten zu fahren und die Schneewehen zu verlagern. Da verschwanden die letzten Umrisse, und es war nicht mehr leicht, überhaupt noch etwas zu unterscheiden, kaum nur den Übergang von schneegrauem Land zu schneegrauem Himmel. Denn die lauernden Wolken am Horizont waren unversehens heraufgezogen, so dass man schließlich nur noch gerade über sich die letzten matten Reste des nächtlichen Blau entdecken konnte.

Und doch kam es wie eine Überrumpelung, wie etwas beinahe Unfassliches, als ein neuer, sichtlich gut ausgeruhter Schneesturm plötzlich um Benedikt und seine Kameraden brandete. Und obwohl sie zähe weiterwanderten, fast, als hätte sich nichts geändert, gingen sie so gründlich darin unter, dass sie kaum noch etwas von sich selber und voneinander wussten. Aber sie hielten zusammen. Sie wappneten sich gegen den Irrsinn im sausenden Sturm und peitschenden Schnee. Denn der Schnee fiel so dicht, dass man kaum begriff, wie der Sturm damit fertig wurde, wie er das Flockengewimmel durchbrechen und mit ihm spielen konnte und nicht längst darin erstickt war. Ein Mensch jedenfalls konnte darin kaum noch atmen. Benedikt schnappte Luft, wenn es sich machen ließ, hielt die kleine Leine fest, deren anderes Ende irgendwo in dem wirbelnden Schneedunkel draußen um Knorzens Hörner geschlungen war, und strebte vorwärts. Leo musste selbst sehen, wie er fertig wurde, und tat es auch. Und so gingen sie, die drei, Fuß um Fuß, und schwankten vor den wilden Stößen des Sturmes hin und her.

Nun ja, man tappte durch das Schneegestöber, etwas anderes blieb einem nicht übrig. Unterdessen ging der Tag hin, von dem man nichts sah und den man in dem Schneegewirbel nur als kaum merkliche Helligkeit ahnte. Benedikt steuerte auf seine »Hütte« los, wie er es nannte. Eigentlich war es nur ein Loch in der Erde mit einer Falltür darüber, ein Kessel, eine Art Grab. Er hat sich dieses Loch schon vor siebenundzwanzig Jahren gegraben, ungefähr in der Mitte seines Gebietes, das er abzusuchen pflegte. Er hatte sich eine Erhöhung dafür ausgesucht. Sie lag einerseits nicht so hoch, dass für die steinbeschwerte Tür Gefahr bestand, vom Wind fortgerissen zu werden, andererseits nicht so tief, dass von oben Wasser hineinlaufen konnte.

Benedikt war überzeugt, die Richtung ungefähr eingehalten zu haben und auf dem besten Wege zu seinem Loch zu sein. Jetzt hoffte er nur, der Sturm werde sich gegen Abend legen, da er bei Tagesgrauen eingesetzt hatte. Und dass es gegen Abend in der Luft etwas sichtiger werden möchte. Denn wie sollte er sonst sein Loch finden? Doch der

Sturm wollte sich nicht legen. Er kümmerte sich überhaupt nicht um Benedikts Wünsche und Gefühle. Es war ganz unbegreiflich, wie er Atem genug haben konnte, um den ganzen Tag lang ein solches Gebrüll zu vollführen, noch dazu so früh im Winter. Doch er hatte ihn. Das spärliche Licht, das die Schneewirbel zwischen sich zermahlten, wurde feiner und feiner, wurde zum reinen Nichts ausgemahlen, zu Finsternis mit einer ganz schwachen Ahnung von Mond dahinter, zu Schneedunkel, wirbelndem Dunkel. Und die Raserei blieb die gleiche, ein Brausen und Stöhnen wie von Riesen, die miteinander ringen, ein Kampf unsichtbarer Mächte, ins Unendliche, nach allen Seiten, eine besessene, brüllende Nacht.

Ein Mensch, der in einer solchen Nacht draußen ist, meilenfern von begangenen Wegen und seinen Mitgeschöpfen, in einem öden Land, einer menschenfressenden Gebirgswüste, allein und ganz und gar nur auf sich selber angewiesen, der muss sein Herz zusammenhalten. Kein Spalt darf offen bleiben für die Geister des Unwetters, kein Ritz, durch den Angst oder Zagen oder der Wahnsinn der Natur einsickern könnte. Denn Leben und Tod liegen hier auf den Schalen der Waage – wohin sinkt die Schale? Da kann einzig der Mut helfen, der ungebeugte, unbeugsame Sinn. Man leugnet eben die Gefahr und geht drauflos. So einfach ist es. So einfach für Menschen wie Benedikt. »Schnee und Sturm und Felsgestein ...«

Da rennt er im Dunkel gerade gegen einen Felsblock. Und gleich darauf gegen einen zweiten. Achtung also auf die Skier, dass sie keinen Schaden nehmen. Besser, sie abschnallen; so geht es nicht weiter.

Als er damit fertig war, sah er sich den nächsten Block näher an. Er tastete ihn ab, erst mit Handschuhen, dann zu aller Sicherheit mit den bloßen Fingern, fast wie man ein Stück Vieh abfühlt, das man kaufen will. Dann stand er eine Weile und überlegte, witterte in den Wind, was Norden und was Süden war – aha, den Stein sollte er doch kennen. Er hatte Richtung gehalten, das will ich meinen. Er war nur etwas zu weit gegangen.

Also umkehren und die Richtung genau zu treffen suchen. Er hielt sie eine Weile ein. Dann blieb er plötzlich stehen, schlug einen Haken rechts, einen Haken links – jetzt galt es verdammtes Glück zu haben, sonst verlor man bei solchem Hin und Her rasch die Richtung aus dem Kopf und verirrte sich. Und mit einem Male kam es hier mitten in Nacht und Schneesturm über ihn, ein Gefühl in den Füßen von unten her, oder was es sein mochte, vielleicht auch ein bestimmter Zug in der Landschaft. Mit großem Bedacht machte er noch ein paar Schritte, ein paar lange, genau abgemessene

Schritte, stieß seinen Stock in den Schnee hinunter, erst hier, dann dort. Beim letzten Mal klang es hohl, das war die Falltür; die Hütte war gefunden, er war zu Hause.

Jetzt begann die Schaufel ihre Arbeit. Es dauerte nicht lange, die fast flachliegende Tür freizulegen, sie aufzuheben, hinunterzukriechen, Hund und Hammel dicht hinter sich. Der Hammel und Benedikt glitten die Erdstufen mehr hinab, als dass sie gingen. Leo begrüßte den Lärm, den sie hierbei machten, mit einem freudigen Bellen: Wau-wau. Es tat mehr als gut, es war eine unfassliche Erleichterung, das Wetter endlich vom Leibe zu haben, nicht mehr mitten darin zu sein. Benedikt sank einen Augenblick auf den Heusack, von Müdigkeit so übermannt, dass er Funken in der Finsternis sah. Das tat gut! Auch Knorz gab seiner Zufriedenheit mit einem bedächtigen Blöken Ausdruck. Als er sich aber dann zu schütteln begann, dass es auch in der Hütte ein kleines Schneegestöber gab, da winselte Leo – um es alsbald ebenso zu machen.

Doch Benedikt trug ja hier die Verantwortung und hatte nicht nur für sich, sondern auch für seine Freunde und Weggenossen zu sorgen. Er fischte einen Talglichtstumpf aus dem Rucksack und zündete ihn an. Ein paar fast unkenntliche Gestalten standen in dem flackernden Schein vor ihm, verschneit und übereist, so dass nur noch die Augen und

Maulspalten erkennbar waren, und Knorzens Hörner. Benedikt machte sich sofort daran, seine Wanderkameraden so gut wie möglich von Schnee und Eiszapfen zu befreien. Sonst drang ihnen die Nässe bis auf die Haut, wenn es hier jetzt bald wärmer wurde. Und die Anstrengungen des morgigen Tages konnten schwer genug werden, selbst wenn man sich nicht mit durchfrorner Haut hineinstürzte. Übrigens war Knorz an den empfindlichsten Stellen durch seinen Mantel einigermaßen geschützt. Zuletzt bürstete Benedikt sich selbst den Schnee ab und klaubte das Eis aus Haar, Bart und Augenbrauen. Und dann steckte er seinen Petroleumkocher an. Es ist keine Kunst in der Wildnis, wenn man Feuer und Kochgeräte und alle modernen Bequemlichkeiten mithat. Sind die Streichhölzer feucht, dann steckt man sie unter die Wolljacke und trocknet sie am Körper. Altes Hausmittel. Und als der Kocher brannte, öffnete Benedikt die Luke nach der entfesselten Nacht hinaus und holte ein paar Klumpen Schnee herein. Während der in der Kasserolle schmolz und er dauernd nachfüllte, ging er hin und her, dichtete die Tür, verstopfte die ärgsten Löcher und Spalten gegen Zug und Schneegestiebe. Das wäre gemacht!

Und als er dann Knorz mit Heufutter versehen hatte und mit Schnee, um seinen Durst zu löschen, da griff er nach dem Rucksack und holte sein Essen hervor – auch Leo bekam sein Teil. Das Fleisch war gefroren und selbst das Brot knirschte eisig zwischen den Zähnen, na ja, bald gab es ja Kaffee. Sie teilten die gefrorenen Sachen als gute Freunde, die sie waren, Leo und er, teilten brüderlich. Den Mann mochte er sehen, dachte Benedikt, der es herrlicher auf seinem Schloss hatte und sicherer in den Bedrängnissen des Lebens, dazu noch mit der Aussicht, in den nächsten Tagen ein paar Schafe vom Hungertode zu erretten und seiner Gemeinde wie der Allgemeinheit und Allschöpfung nützlich zu sein. »Denn merk dir das, Leo, selbst der Papst in Rom hat es nicht besser und feiner als du und ich, oder ein reineres Gewissen.« Und Leo wedelte mit dem Schwanz und glaubte gern alles, was ihm sein Herr vorpredigte, um so mehr, als jeder Glaubenssatz von einem guten Happen begleitet war.

Und Benedikt saß da wie ein Pascha mit einem Stück Fleisch in der Hand und teilte es mit Leo, wie er es nach und nach zum Auftauen brachte. Und Butter gab es genug, im Überfluss. Leo brauchte wahrhaftig sein Brot nicht trocken zu fressen. Da saß man – es konnte schlimmer sein, und heute war Mittwoch –, ach ja …

Also: eine gute Woche war er von daheim fort, neun Tage, seit er von Botn abmarschierte, um genau zu rechnen, sieben davon auf eigene Kost. Man merkte es auch am Proviant, das ließ sich nicht leugnen. Geknausert und gespart hatte er nach Kräften, aber es waren wahrhaftig nur noch sieben Stücke Fleisch übrig, und nicht die größten, dazu ein Brotvorrat, der gern reichlicher hätte sein dürfen. Aber was machte nicht der Herr aus zwei Broten und fünf Fischen? Tausende sättigte er damit. Es klang unglaublich, aber angesichts solcher Tatsachen konnte man die Hoffnung doch nicht aufgeben. Er brauchte ja nur sich und Leo mit diesen Vorräten zu versorgen. Doch mit oder ohne Wunder: es hieß haushalten, Vorsorge ist nirgends im Gesetz verboten. Ein Stück Fleisch am Tage, sage und schreibe, mehr konnte nicht bewilligt werden. Das hatte auch etwas für sich; man überlastete den Magen nicht und war nur um so leichter zu Fuß. Aber was fehlte jetzt dem Licht? Und was fiel dem Kocher ein? Er pumpte daran, aber es half nichts, der wollte mit aller Gewalt ausgehen, hatte sich das nun einmal in den Kopf gesetzt. Und dabei war genug Petroleum darauf. Was war das für Spuk und Hexerei in seiner braven alten Höhle? Hat sich ein Unwesen eingeschlichen und zehrt am Licht? In demselben Augenblick saß Benedikt im Finstern.

Das war keine natürliche Dunkelheit. Es war eine höchst unnatürliche Dunkelheit, die geradezu in den Augen brannte und einen am Halse packte und erwürgen wollte. Und zugleich war sie so freundlich, sie lockte einen zu schlafen – nur umzusinken und zu schlafen. Wozu brauchte er eigentlich diesen Kaffee? Wozu heute Abend noch mehr Licht? Aber war es nur reine Freundlichkeit? Er versuchte, sich zurechtzufinden, sich zu sammeln, zu denken. Am Ende war das Unwetter noch immer hinter ihnen her? Hatte wohl jede Ritze verstopft? Sie sollten wohl hier unten ersticken? Da sollte doch gleich …!

Benedikt erhob sich, so schwer es ihm auch fiel, die Schlaftrunkenheit abzuschütteln; er schwankte zur Luke, stieß sie auf. Und schon hatten Träume ihn eingesponnen, er erwartete, draußen eine befreiende Sternennacht zu sehen. Doch immer noch brodelte das gleiche Unwetter ihm entgegen und drohte, die Höhle im Nu voll zu wehen. Die Klappe fiel wieder zu. Aber so, dass sie nicht wieder ganz verweht werden konnte. Und wie vorauszusehen, waren Licht und Kocher jetzt wieder willig zu leben, ihre Tätigkeit wieder dort aufzunehmen, wo sie vorher gestreikt hatten. Dann war der Kaffee fertig. Sein Duft erfüllte die Hütte, oh, Kaffee! Benedikt trank ihn andächtig. Als er getrunken war, löschte Benedikt das Licht. Jetzt war hier Nacht. Das Blut rauschte sich in den erschlaffenden Gliedern zur Ruhe. Der Schlaf kam geglitten, näher, immer näher, dann war er da und nahm ihn auf.

Da lag nun Benedikt in seinem Kessel, seinem Grab, mit der wollenen Decke um den Leib und dem Heusack unterm Kopf. Er lag dicht an Knorz gepresst, der auf seine Art schlief und zuweilen in Ruhe und Frieden wiederkäute. Und fest an die beiden kuschelte sich Leo an und winselte vor Behagen und vor Erwartung der Ruhe. Da lagen sie, die drei, ein paar Fuß unter der Erde, unscheinbar und kaum noch als lebendig zu rechnen. Doch werden sie zu Taten erwachen, zu denen die meisten anderen nicht imstande wären, zu etwas, das allein sie können und wozu sie bereit sind. Sind sie also doch nicht so unscheinbar, wie sie aussehen? Gehören sie am Ende doch in einen größeren Zusammenhang und sind unentbehrlich? Über sie hin schreitet die Nacht.

Benedikt schlief wie ein Stein. In bodenlose Nacht versunken. Und dann, mit einem Male, war er wach, plötzlich wie immer, hellwach, und fühlte sich ausgeruht. Jetzt hieß es, sich aus Decke und Schlaf herauswickeln, ehe einen die Müdigkeit, die ja doch noch irgendwo lauerte, wieder ergriff. Er sprang auf, schlug die Türklappe zurück – Mondschein. Wahrhaftig, Mondschein! Also war die Welt doch wieder einigermaßen im Lot. Und er hatte sich also nicht verschlafen, wenn nicht etwa ein ganzer Tag draufgegangen war – dann war eben nichts dagegen zu machen. »Eil mit Weile, eil bedacht …«

Benedikt hatte am Abend ein Stückchen Fleisch

übriggelassen, und dieses Stückchen teilte er jetzt mit Leo. Dann teilten sie auch das Brot, das bewilligt werden konnte. Benedikt spülte seinen Anteil mit einigen Tassen Kaffee hinunter. Knorz soll heute in der Höhle bleiben und ausruhen dürfen, hat Benedikt beschlossen. Er ist von der harten Anstrengung am stärksten mitgenommen. Es lag kein vernünftiger Grund vor, ihn zu belästigen, ehe man sicher wusste, dass man ihn nötig hatte. Wenn es ging wie gewöhnlich, so stand ihm noch genug bevor, ehe sie glücklich wieder daheim waren. Also versah ihn Benedikt mit Heu und frischem Schnee, schmolz auch etwas Schnee für ihn, damit er jetzt gleich einen Schluck Wasser hatte, sorgte für ein Atemloch neben der Luke; Leo sah dem mit bedenklicher Miene zu, er suchte mehrmals den Blick seines Herrn zu erhaschen, gab sich dann wieder zufrieden, hob zögernd die Pfote und wusste nicht, ob er den Schnee wieder fortkratzen sollte oder was sonst. Aber Benedikt war fest entschlossen und streichelte ihm nur über den Kopf. Endlich ging es Leo auf, dass sie ja auch den Rucksack hierließen, und dann zogen sie zusammen los in die Mondnacht hinein, Benedikt und Leo.

Da das Wetter so still und klar und er so zeitig erwacht war, wollte Benedikt gleich heute die entfernteste Stelle absuchen, einen Talstrich unmittelbar am Rande des Gletschers, fünf Stunden hin und fünf zurück, bestenfalls. Dann war das erledigt. Etwas finden tat er dort selten, aber heimkehren, ohne dort gewesen zu sein – unmöglich. Allmählich kam Benedikt in Gang, stapfte die Höhen hinauf, sauste wie im Sturm die Hänge hinab: »Schnee und Sturm und Felsgestein ...«

Aber das Glück war ihm heute nicht so günstig wie das Wetter. Benedikt fand kein Schaf – jedenfalls kein lebendiges. In der Talsenke unter dem Gletscher, die von Schnee schon fast ausgefüllt war, fand er nur ein Loch im Schnee – oder vielmehr, Leo fand es –, ein Loch, das ein Fuchs gegraben hatte. Und richtig, es führte zu einem Schafskadaver. Zu spät gekommen!

Bei diesem Fund war Benedikts gute Laune dahin und kehrte den ganzen Tag nicht mehr wieder. Denn das war ja ein schlechtes Zeichen, eine dreckige Vorbedeutung. Und dabei war dies Jahr doch eine Art Jubeljahr: das siebenundzwanzigste Mal – und er selber war zweimal siebenundzwanzig Jahre alt. Es war, weiß Gott, ein besonderes Jahr, wenigstens für ihn. Und jetzt sollte es so ausgehen! Aber er hatte ja auch von Anfang an Pech gehabt. Und hier oben war es auch nicht wie sonst, obgleich es an Wetter und Schnee nichts auszusetzen gab. Die Berge umstanden ihn so merkwürdig stumm und verdrossen. Was hatte er ihnen getan? Konnte er denn etwas dafür, dass er aufgehalten worden war?

Oder war es wegen der kurzen Rast auf Jökli? Das fände er doch kleinlich! Jedenfalls fühlte er sich gedeckt – er ist so schnell gekommen, wie es unter diesen Umständen möglich war. Wenn sie ihn also ablehnend und unfreundlich behandeln wollen, dann ist es ihre Sache. Von diesem Augenblick an waren die Berge für ihn erledigt. Wenn er sich umsah, so galt es den Schafen, nur den Schafen. Und da keins zu sehen war, nicht einmal eine Spur zu entdecken, jagte er mit zusammengebissenen Zähnen – voller Wut auf die verdrießlichen Berge – zurück zu seiner Hütte und zu Knorz, zu dem heimischen Herd in seinem Kessel, seinem Grabe.

Als er aber dort angelangt und in die Erde gekrochen war und die Falltür zu hatte, wollte das Essen doch nicht schmecken, nicht einmal der Kaffee schmeckte ihm, und er schlief diese Nacht nur wenig und unruhig. Es ist nicht so ohne, sich mit alten Freunden zu verzanken und gewissermaßen seine letzte Zuflucht in einer einsamen Welt zu verlieren. Und wenn es etwas gibt, um einen giftig zu machen, dann ist es dies, nach lebendigen Schafen auszugehen und nur tote zu finden.

Am nächsten Tage, am Freitag, ging es los mit Hund und Hammel – die ganze Dreieinigkeit. Der Wind kam gerade aus Norden. Der Schnee strich so zart bergauf und bergab, als hätte er nur den einen Gedanken, dass Benedikt glatt und leicht vorwärtskommen sollte. Oder er führte flüchtige Ringtänze um Felsblöcke und große Steine auf, umarmte sie elfenleicht und mit kühler Anmut. Aber ein gutes Wetter zur Schafsuche war es schon nicht. Bei solchem Wetter suchen sie geschützte Stellen auf, und alle Spuren verwehen flugs wieder. Aber Benedikt kümmerte sich nicht darum: gesucht sollte und musste werden, wie unfreundlich sich auch Berge und Wetter stellten. Und sein Eifer wurde belohnt. Das Glück, das ihn gestern bei klarem Himmel im Stich gelassen hatte, kehrte wieder und begegnete ihm hier mitten im Schneetreiben. Schon recht früh am Tage fand er zwei Schafe, gegen Abend ein drittes, und auf dem Heimweg stieß er noch auf zwei weitere, so dass es im Ganzen fünf wurden. Es war, als werfe man sein Netz in ein unsichtbares Meer aus, dies Suchen im Schneetreiben, aber der Fang stellte sich auch ein. Denn wenn man die Eigenheiten des Landes und die bevorzugten Zufluchtsstätten der Schafe kennt und dazu einen Hund hat, der ein wahrer Papst ist, findet man Schafe selbst im Blinden. So ist es. Und jetzt kam doch wieder Sinn in den Unsinn; es ging, wie es sollte, und das half der Laune auf die Beine.

Doch mit den fremden Bergdurchstreifern hatten sie alle drei ihre liebe Not, Benedikt, Knorz und Leo. Die beiden Paare hielten untereinander zusammen, wollten aber mit anderen Geschöpfen möglichst wenig zu schaffen haben. Den einen Augenblick stoben sie davon, das eine Paar nach Osten, das andere nach Westen; im nächsten waren sie nicht von der Stelle zu bringen, mussten mit Rufen und Schreien und Hundegebell vorwärts getrieben oder geradezu durch die Schneewehen gezerrt werden. Das kostete Kräfte.

Aber Knorz war ja wirklich ein zäher Knorz, und hier fand er seine richtige Aufgabe. Er tat sich mit den fremden Schafen zusammen, redete ihnen ein, er habe gleich ihnen nur den einen Gedanken, dem Hund und dem Mann auszureißen, und führte sie – natürlich in der richtigen Richtung. Manchmal hielt er sie zusammen und brachte Schwung in sie, dann hatten Leo und Benedikt nichts anderes zu tun, als hinterdrein zu keuchen, so gut sie konnten. Aber dann bekamen die Fremden wieder Nücken, fuhren auseinander und mussten von neuem gesammelt werden. Oder Knorz steckte in einer Schneewehe fest, aus der er sich nicht allein wieder herausarbeiten konnte, und alle anderen mit ihm. Dann hieß es für Benedikt, mit den Skiern eine Bahn treten und Knorz am Horn nachziehen, während Leo hinten aufpasste, dass kein Glied aus der Gefolgschaft verloren ging. Zuweilen mussten alle sechs nacheinander durch den Schnee gezogen werden. Das machte warm. So verging dieser Tag.

Heute konnte keine Rede davon sein, Knorz mit

heim zur Hütte zu nehmen. Er musste draußen bleiben und die gefundenen Schafe zusammenhalten, unterm Schnee Futter für sie suchen, sie zum Fressen bringen, damit sie keine Launen bekamen und aufs Ausreißen verfielen. Und da es ohne Knorz in der Höhle so einsam sein würde, da sie sich gerade mitten zwischen Benedikts Kessel und der Berghütte befanden und die Landpost heute auf ihrem Wege nach Süden dort zu erwarten war und aller Wahrscheinlichkeit nach in der Hütte übernachten würde, entschloss sich Benedikt für die Hütte. Dann konnte er durch den Postbegleiter gleich Nachrichten nach Hause gelangen lassen, wenn er die Pferde wieder nach Norden zurückbrachte. Es wäre dumm, wenn man sich daheim seinetwegen beunruhigte.

Also ging er und ging, aus dem Tag heraus und in die Nacht hinein, ging und ging. Und kam endlich an. Doch er hatte sich verrechnet: in der Hütte fand er nur die Postpferde – der Postführer musste schon abends über den Fluss geholt worden sein, und sein Begleiter, der wieder nach Norden wollte, schien mitgefahren zu sein. Aber der musste ja am nächsten Morgen in der Frühe wiederkommen. Oder doch irgendwann am nächsten Tage. Benedikt wollte auf ihn warten, sich einen Ruhetag gönnen, obwohl er nur einen Rest gefrorenes Fleisch in der Tasche hatte. Eine kleine Herzstärkung würde

der Mann aus der Gemeinde wohl anbieten können. Sonntagmorgen konnte Benedikt dann wieder
westwärts aufbrechen – am dritten Sonntag im Advent.

So aber kam es nicht; es wurde nichts aus dem
Ruhetag. Am Sonnabendmorgen war Benedikt
längst vor Tagesanbruch schon wieder auf dem
Wege ins Gebirge, nach seinen gefundenen und
noch nicht gefundenen Schafen unterwegs. Es war
doch ausgeschlossen, Knorz so im Stich zu lassen.
Aber ehe er die Hütte verließ, gab Benedikt den
Postpferden Wasser und Heu, dann konnte der Begleiter sehen, dass er da gewesen war, und würde
drunten ausrichten können, dass es ihm gut ging.

In der Morgendämmerung des Sonnabends wurde der Wind zum Sturm, wieder Sturm, zu Ge-
birgswetter, Winterwetter, zu richtigem Schneesturm, der den einsamen Wanderer wie eine Mauer
umschloss. Unablässig musste er Wände, ja Berge
stiebenden Schnees durchwaten. Aber auf irgendei-
ne ihm selbst unbegreifliche Weise fand er sich in
Landschaft und Richtung zurecht und stieß endlich
auf Knorz und sein unverstreutes Häuflein Schafe.
Und jetzt ging es wieder nordwärts, fast genau gegen den Wind, auf das Tal und die Gehöfte zu,
langsam, Schritt für Schritt, ja kaum einmal das.
Wieder heißt es, durch die Schneewehen waten und
die erschöpften und widerspenstigen Schafe hinter

sich herzerren; einzig Knorz folgt ihm treulich auf dem Fuße.

Wieder ist es Abend; der Kampf mit den unverständigen Schafen und dem wahnsinnigen Wetter hat Benedikt arg mitgenommen. Und dazu fing es an, ihm im Leibe zu bohren. Er hatte ziemlich lange nichts mehr zu sich genommen und war ja schon vorher auf schmale Kost gesetzt. Er hatte halb und halb gehofft, mit den Schafen noch vor Abend seine Höhle zu erreichen. Aber Weg und Wetter hatten sich gegen ihn verschworen; er musste es aufgeben, musste die Schafe noch eine Nacht Knorz überlassen und allein seine Höhle suchen. So ohnmächtig ist der Mensch. So wenig nützt es, wider den Stachel zu löcken, wenn er von stärkeren Mächten geführt wird.

Es mussten nach seiner Berechnung ein paar Stunden Weg sein. Also marschierte er seinem Gefühl nach – ein paar Stunden lang. Aber eine Hütte war nicht zu finden, keine Höhle, kein Kessel, kein Grab, um hineinzukriechen. Ach ja …

So bösartig kann die Erde gegen den Menschen sein, dass sie sich ihm ganz verschließt. Dann mag er selber sehen, was sich tun lässt. Aber Benedikt fand doch noch einen Ausweg. Es ist des Menschen Aufgabe, einen Ausweg zu finden – vielleicht seine einzige. Nicht nachzugeben. Wider den Stachel zu löcken, so spitz er auch ist. Selbst wider den Stachel des Todes, bis er sich einbohrt und das Herz trifft. Das ist des Menschen Aufgabe. Wenn die Füße nicht mehr wollen, gut, dann muss man darauf verzichten, sie zu gebrauchen. Aber das heißt noch nicht überhaupt verzichten. Sie wollen ausruhen, das ist nur begreiflich. Lass sie ruhen. Wie gut würde es tun, sich hinzusetzen. Und betrübten Herzens, aber ungebrochen, pflanzt Benedikt seinen Stock, nach Norden geneigt, in den Schnee, damit er die Richtung weiß, wenn er wieder aufsteht. Dann ließ er sich in einer Schneewehe zu Boden gleiten, im Schutz eines Hügels, mit Leo neben sich lag er eine Zeitlang und ließ sich einschneien, ließ sich gut zuwehen, erhob sich dann auf alle viere, wölbte mit dem Rücken ein Dach über sich, wälzte sich hin und her und schob den Schnee beiseite; hier sollte sein Haus sein – eine Art Haus. So saßen sie denn in ihrer Schneehöhle, und draußen raste die Welt.

Anfangs war es behaglich warm hier drinnen in der kleinen Höhle unterm Schnee. Benedikt gestattete sich sogar hin und wieder ein Schläfchen. Aber als dann die gefrorenen Kleider allmählich auftauten, die Wärme aus dem Körper schwand und man in nassen Sachen dasaß, da war es mit dem Behagen vorbei. Aber ausgeruht musste werden, dafür saß man ja hier. Und Benedikt ruhte, so gut es ging, schlummerte und achtete zugleich darauf, dass er nicht fest in Schlaf verfiel. Denn schläft man unterm Schnee erst ein, hungrig und erschöpft, wie er war, dann ist es sehr wahrscheinlich, dass man nicht wieder zu diesem Leben erwacht.

Plötzlich fuhr er aus seinem Schlummer auf. Und war sich augenblicklich klar, dass er so nicht fortfahren durfte. Also machten sie sich daran, sich wieder aus dem Schnee herauszuarbeiten, er und Leo, scharrten ihn ringsum fort und brachen nach oben durch, zwei, drei Ellen. Aber wo war jetzt sein Bergstock? Er war nicht mehr zu finden, der Schnee hatte ihn verschluckt. Es war verlockend, wieder in das Loch zu kriechen, unterm Schnee zu bleiben. Denn der Sturm tobte noch ärger als zuvor, und die Kälte schätzte Benedikt auf 30 Grad statt der üblichen 20. Jetzt aber galt es. Gab man jetzt nach, dann geschah es nicht nur für heute, sondern für alle Zeit. Dann würde man ihn hier finden, wenn der Schnee schmolz, falls man ihn überhaupt fand. Nein, die Wärme dort unten und die Flucht vor dem Unwetter wären zu teuer erkauft. Hier gab es nur eine einzige Rettung: seine Höhle zu finden – seinen Kessel, sein Grab. Gelang ihm dies nicht, nun, dann würde es ihm gehen, wie es im Laufe der Zeiten hier oben so manchem Schaf ergangen war, das niemand aufgefunden hatte, bis man im nächsten Jahr oder noch später auf die bleichen Knochen stieß, irgendwo im öden Sand, reingeblasen vom Schlamm des Lebens.

Knorz und die übrigen Schafe zu suchen, davon konnte heute keine Rede sein. Die Aufgabe des Tages war begrenzter. Heute galt es das nackte Leben. Die Kälte schnitt ihm durch die feuchten Kleider ins Fleisch, und der Sturm drohte ihn zu ersticken, auch weil sein Bart ihm jetzt vorm Munde gefror. Er holte sein Messer heraus und sägte ihn ab, anders ließ sich diese Eiskapsel, die sich über Mund und Atem zu legen drohte, nicht lösen. Wie sie die Erdhöhle fanden, ist kaum zu sagen, Benedikt wusste es selbst nicht. Auch war es Leo, der sie fand. Plötzlich, mitten im Wandern, begann er im Schnee zu kratzen, und tatsächlich – Benedikt legte sich auf alle viere, wühlte im Schnee und scharrte die Luke frei. Und sie gelangten hinunter und waren gerettet. Benedikt wollte sogleich sein Talglicht und den Petroleumkocher anzünden. Aber da waren die Streichhölzer nass und zündeten nicht. Er legte sie gegen seinen bloßen Leib, saß da und schlummerte unterdessen, während sie trockneten. Er knabberte etwas gefrornes Fleisch und Brot und Butter, aber es war zu trocken im Munde, und er konnte es kaum hinunterwürgen. Dann setzte er sich wieder hin und schlummerte. Endlich waren die Streichhölzer trocken. Er bekam das Licht und den Kocher zum Brennen. Was Kaffee ist, weiß nur, wer ihn in einer Höhle unter der Erde getrunken hat, bei 30 Grad Kälte und inmitten einer Wüste von Unwetter und Bergen. Und jetzt konnte er sogar seine Kleider trocknen lassen.

Während er aß und trank, überschlug er in der Höhle seine Vorräte. Vier Stück Fleisch hatte er noch und reichlich Butter. Auch noch etwas Zucker, aber in diesem Augenblick trank er seinen letzten Kaffee. Dagegen war nichts zu machen. Und morgen war Montag und übermorgen Weihnachten.

Ist noch mehr von Benedikt und seiner siebenundzwanzigsten Adventswanderung zu erzählen? Doch wohl; es geht nicht an, dass auch wir ihn in seiner Höhle verlassen, so verlassen wie er sowieso schon von Gott und Menschen ist – soweit man es beurteilen kann.

Man muss doch wohl erzählen, dass er am nächsten Tage, also am Montag, Hoffnung schöpfte, es könne sich im Bett des Gletscherbaches so viel Schnee aufgehäuft haben, um mit den Skiern darüber hingleiten und nach Jökli gelangen zu können – da nun schon der Tag vorm Heiligen Abend war –, dass aber der Gletscherfluss trotz Frost und Schneefall immer noch ebenso eis- und schneefrei war.

Weiter muss wohl berichtet werden, dass er dann geradeswegs in die Gemeinde hinunterzukommen versuchte, um doch noch vor Weihnachten zu Hause zu sein. Aber da stieß er auf noch ein paar Schafe, und es war doch unmöglich, sie im Stich zu lassen, wenigstens nicht, ehe sie unter Knorzens Schutz gebracht waren. Und als dies besorgt war, da war es für diesen Tag mit seiner Kraft zu Ende, so dass er froh war, seine Erdhöhle wieder zu erreichen.

Weiter muss wohl erzählt werden, dass er den Heiligen Abend damit zubrachte, Knorz und seine Herde ein Stückchen näher zum Tal zu bringen, dass Benedikt und Leo in der Höhle miteinander Weihnachten feierten, dass am Weihnachtstag stilles Wetter, aber dichter Schneefall herrschte, der Benedikt mit seinen Schafen wieder aufhielt; dass der Wind gegen Abend auffrischte, dass sie noch eine Nacht in der Höhle verlebten und der zweite Feiertag verlief wie der erste. Aber an diesem Abend gab Benedikt vor dem letzten Stück Weg den Kampf auf, alt, müde, unbrauchbar, wie er von sich selber sagte. Er gab ihn auf, hinterließ die Schafe in Knorzens Schutz und machte sich auf ins Tal hinunter – alt, müde, unbrauchbar.

Spät abends erreichte er Botn. Und wurde empfangen, als sei er vom Tode erstanden. Aber er kümmerte sich nicht um die vielen Willkommensworte. »Wo ist der junge Benedikt?« Doch der junge Benedikt war nicht daheim. Er war zu anderen Gehöften hinübergegangen, ohne zu sagen, was er vorhatte.

»Ich wollte ihn nämlich bitten, wieder mit mir hinaufzugehen, wenn der Mond nachher herauskommt«, sagte Benedikt.

Nein, der junge Benedikt war nicht zu Hause. Aber am nächsten Morgen hörte man in Botn, dass er einige junge Leute aufgeboten hatte und mit ihnen in die Berge gegangen war. Und noch vor Abend war er wieder da – mit der Schafherde. Und sie hatten Knorz Schuhe angezogen, Lederschuhe um seine Hufe gebunden, die er sich blutig gescheuert hatte, als er ständig vorangegangen war und den scharf verharschten Schnee durchbrochen hatte. Das war ein Anblick für Götter, als sie sich auf dem Hofe von Botn wiedersahen, der alte Benedikt und sein Knorz.

»Hab Dank, Namensvetter«, sagte der alte Benedikt, und es war ihm wohl nicht gegeben, viel mehr zu sagen.

An diesem Tage hatten sich ein paar Bauern der Gemeinde, die es mit der Angst um Benedikt bekommen hatten und von seiner Heimkehr noch nichts wussten, in Botn getroffen, um in die Berge zu gehen und nach ihm zu suchen – zugleich auch nach den jungen Leuten. Vor ihnen stand der junge Benedikt, mit stolz erhobenem Kopf und festem Blick: »Lasst den Dank bleiben, wo er hingehört«, sagte er.

Und so war denn auch diese Adventswanderung vorüber, der Dienst beendet, und Benedikt wieder unter Menschen – für eine Weile.

Nachwort

von Jón Kalman Stefánsson

Aus dem Isländischen
von Karl-Ludwig Wetzig

Offenbar braucht es keinen großartigen Stoff, damit ein Meisterwerk entsteht, ein Buch, das die Zeiten überdauert: Ein Mann streift mit Jagdgewehr und Hund durch die Wälder, murmelt etwas über die Natur vor sich hin, verliebt sich in eine Frau und erschießt sich am Ende. Ein Schriftsteller nimmt eine Auszeit, fährt nach Venedig, verliebt sich in einen Jungen, verliert die Kontrolle über sein Leben und stirbt. Ein Mann verirrt sich mit Hund und Hammel mitten im Dezember im unbesiedelten Hochland, sucht nach verirrten Schafen, gerät in schlechtes Wetter, erreicht aber lebend wieder das von Menschen bewohnte Tiefland.

Damit habe ich den Stoff dreier Bücher, dreier Novellen beschrieben, die nicht so furchtbar viel herzumachen scheinen; doch der Stoff ist in literarischen Texten selten die Hauptsache, auf die Ausarbeitung kommt es an – eine jener ebenso schlichten wie unbestrittenen Wahrheiten, die so gern übersehen werden. Die drei fraglichen Titel sind *Pan* von Knut Hamsun, *Der Tod in Venedig* von Thomas Mann und *Advent* von Gunnar Gunnarsson. Auf die Bücher von Hamsun und Thomas Mann will ich nicht weiter eingehen – ich widerstehe der Versuchung, denn hier soll es um Gunnar Gunnarsson gehen, um Benedikt, Leo und Knorz. Und es wandert sich ja auch gut im Mondenschein und zwischen Bergen. Doch erst muss ich einen Umweg machen, ehe ich in der Nachfolge der drei ins Hochland aufbreche.

Nichts ist wie das erste Treffen

Mag sein, dass ich in der Berufsschule in Keflavík einmal von Gunnar Gunnarsson gehört habe, doch davon weiß ich nichts mehr, wie ich überhaupt das meiste aus jener Zeit wieder vergessen habe, die Knoten, die ich bei der Seefahrt lernte, die Algebra aus den Mathematikstunden. Meine erste Berührung mit den Werken Gunnars fand statt, als man mir zu Hause das Staubwischen übertrug. Seine *Gesammelten Werke*, in den sechziger Jahren des vorigen Jahrhunderts erschienen, standen dort in einem Regal, und ich gab mir Mühe, sie nicht mit dem feuchten Lappen nass zu machen. Acht dicke Wälzer, ziemlich klein bedruckt. So lernte ich, damals dreizehn Jahre alt, den Schriftsteller Gunnar Gunnarsson in unserem Einfamilienhaus in Keflavík kennen. In den folgenden Jahren verbrachte ich allwöchentlich so viel Zeit mit seinen Hauptwerken (die Kurzgeschichten ausgenommen), wie es mich kostete, das Regal abzuwischen. Aufschlagen sollte ich ein Buch von ihm erst zehn Jahre später, als es zum Pflichtpensum meines Studiums gehörte. Nachdem ich mich schließlich selbst in Literatur und Dichtung verheddert hatte, kam es mir nie ernsthaft in den Sinn, Gunnar Gunnarsson zu lesen. So beschränkt ist man eben. Ja, das stimmt schon, aber es gibt auch andere Gründe.

In der Literatur jedes Volkes existieren Werke, die wir ihre Gipfel, Höhepunkte oder Marksteine nennen könnten, und sie sind den Leuten so bekannt, dass man sie gar nicht mehr eigens erwähnen muss. Gunnars beste Werke, der Romanzyklus *Kirken paa Bjerget* oder *Fjallkirkjan* (auf Deutsch nicht unter einem Titel, sondern in Einzelbänden erschienen: *Schiffe am Himmel* (1928), *Nacht und Traum* (1929), *Der unerfahrene Reisende* (1931), alle in der Übersetzung von Erwin Magnus, *Svartfugl* (*Schwarze Schwingen*, 1930 übersetzt von Pauline Klaiber-Gottschau) und eben *Advent* (dt. erstmals 1936 in der Übertragung von Helmut de Boor), sind solche Werke, herausragende Gipfel – und doch auch wieder nicht. Denn wir Isländer hier weit draußen im Nordatlantik haben uns vielleicht nie wieder von dem Nobelpreis erholt, der 1955 an Halldór Laxness verliehen wurde. Jedenfalls ist unsere Wahrnehmung seitdem getrübt, und unsere literarischen Debatten sind voreingenommen. Ein Nobelpreis ist nun einmal etwas verdammt Überwältigendes für eine zahlenmäßig so kleine Nation. Unser einziger Gipfel, sagen wir von Halldór Laxness, als ob es in ganz Island nur einen einzigen Berg gäbe, einen Berg wie die Herðubrcið meinetwegen, aber keine anderen Berge wie die Esja, keinen Kaldbakur, kein Sauðafell, kein Reykjafell. Doch diejenigen, die sich nur ein wenig auskennen, wissen, dass die besten Bücher von Gunnar Gunnarsson – und natürlich auch die von Þórbergur Þórðarson (1889–1974) – den Höhepunkten in Laxness' Verfasserschaft in nichts nachstehen. Das ist schlicht eine Tatsache, die der Nobelpreis vernebelt hat. Allerdings ist Laxness vielseitiger als diese beiden Autoren, und seine Entwicklung und sein künstlerischer Werdegang sind breiter angelegt.

Nein, als ich mit gut zwanzig mein Studium an der Universität Islands begann, hatte ich von Gunnar Gunnarsson noch nichts wirklich gelesen. Über zeitgenössische Autoren hatte ich mich eifrig hergemacht, doch wenn ich zurück in die isländische Literaturgeschichte blickte, sah ich nur den einen Berg, andere Romanschriftsteller früherer Zeiten lagen tief in seinem dunklen Schatten verborgen, bis auf den ganz für sich stehenden und ewig grünen Þórbergur. Dachte ich an Gunnar, fielen mir immer nur jene acht dicken Schwarten ein; er existierte nur in seinen unzugänglichen *Gesammelten Werken*, nicht aber in einzelnen Romanen. Mir sind etliche ausgezeichnete Literaturkenner meiner Generation bekannt, die vor einer dicken Gesamtausgabe zurückscheuten und angesichts von tausend Seiten noch immer lieber auf Distanz bleiben, unsicher, wo und womit sie beginnen sollten.

Es gibt aber noch einen Umstand, der die Sache weiter verkompliziert: Gunnar hat seine meisten Bücher auf Dänisch und nicht auf Isländisch verfasst. Mit achtzehn Jahren fuhr er, ein Bauernsohn aus dem entlegenen Island, nach Dänemark, um dort zu studieren. Um diese Zeit hatte er bereits zwei kleine Gedichtbändchen veröffentlicht und wollte unbedingt Dichter werden, nichts anderes als ein Dichter. Leben hieß schreiben und umgekehrt. Island aber war damals noch ein armes und ziemlich unterentwickeltes Land, Anhängsel der dänischen Krone, und Kopenhagen seine Hauptstadt, wo Isländer seit Jahrhunderten die Universität besuchten. Als Gunnar dorthin aufbrach, las und verstand er zwar Dänisch, sprach es aber kaum und schrieb es noch weniger. Doch er war von brennendem Ehrgeiz erfüllt, wollte von den Erzeugnissen seiner Dichtkunst leben, und da das in Island unmöglich war, ging er und eignete sich binnen weniger Jahre eine perfekte Beherrschung des Dänischen an. In den zwanziger Jahren des vorigen Jahrhunderts gehörte er zu den bekanntesten und beliebtesten Schriftstellern dänischer Sprache.

Ein isländischer Leser hat heute drei Möglichkeiten zur Auswahl, sich mit seinen Werken bekannt zu machen, entweder liest er ihn auf Dänisch (was heutzutage nicht viele tun), er liest ihn in der Übersetzung anderer (etwa in der von Halldór Laxness) oder in seiner eigenen, denn auf seine alten Tage hat Gunnar alle seine Werke noch einmal in seine eigene Muttersprache übertragen, als alter Mann das übersetzt, was er als junger Mann geschrieben hatte. Wir stehen also vor drei Werkausgaben, was die Sache natürlich komplizierter macht und den Zugang weiter erschwert. Die allermeisten greifen nach den Übersetzungen, obwohl er ein ausgesprochen schönes Dänisch schrieb. Aber welche soll man nehmen, seine oder die von anderen?

Autor zweier Welten

Gunnar Gunnarsson reifte in einer Umgebung zum Autor, die sich sehr von der anderer isländischer Schriftsteller unterschied. Die großen Herausforderungen der Zeit, die Existenzängste im Gefolge des Ersten

Weltkriegs und die weltumspannenden Probleme der zwanziger Jahre rückten Gunnar um vieles näher als denen, die hier auf der Insel saßen und sich vielleicht Gedanken über die ersten Traktoren oder die dänische Herrschaft machten. Ob es nun an ihm selbst oder an seinem Wohnsitz lag (oder ob beides zusammenwirkte), jedenfalls denkt Gunnar viel formbewusster als seine hiesigen Kollegen, er schreibt konzentrierter, seine Bücher sind sorgfältiger gebaut, bewusster. Schließlich war er auch ein Autor zweier Welten, ein Isländer, der auf Dänisch schrieb, der in der Großstadt lebte, die Schauplätze seiner Bücher aber stets auf dem Lande ansiedelte, weit, weit weg von der Stadt, die dafür im *Unerfahrenen Reisenden*, dem Schlußband des *Fjallkirkjan*-Zyklus, um so überwältigender aufscheint. Seine beiden ersten Bände waren sehr gelobt worden, den letzten hielt man dagegen für schwächer. Möglicherweise ist dieses Urteil von dem Vorurteil geprägt, das besagt, ein Autor, der seine Autobiographie schreibt, lasse in dem Maß nach, in dem er sich von seiner Kindheit entfernt. Das warf man Gunnar Gunnarsson vor, und das gleiche wurde auch gegen den Abschlussband von Maxim Gorkis großartigen Büchern über seine Kindheits- und Jugendjahre ins Feld geführt, die Gunnar ohne Zweifel zu seiner »Kirche auf dem Berg« (*Fjallkirkjan*) anregten. Diese großen Werke zweier so unterschiedlicher Autoren haben etwas gemeinsam, nicht zuletzt leuchten sie beide von dem düsteren und helllodernden Feuer, das aus dem Funkenschlag entsteht, mit dem Dichtung und Wahrheit aufeinanderprallen. Ich habe seit langem den Eindruck, dass man dem *Unerfahrenen Reisenden* nicht gerecht geworden ist. Er ist unser isländischer *Hunger*, und wenn man ihn im europäischen Zusammenhang sieht, dann behauptet er sich zwischen Hamsuns *Hunger* und dem Rilkes, seinem *Malte Laurids Brigge*.

Auch wenn Gunnar Gunnarsson als Romanautor seine Heimat in gewisser Hinsicht nie verließ, indem er sich stets urisländische Schauplätze für seine Handlungen wählte, so webt das Schicksal der Welt, lebt das aufgewühlte Europa in den ersten Jahrzehnten des zwanzigsten Jahrhunderts doch oft über oder unter seinen Romanschauplätzen. Manchmal habe ich mich gefragt, ob sein Festhalten an isländischen Stoffen, am Wetter, am menschenleeren Hochland, vielleicht mit seinem Wohnort zu tun hatte, ob ihm das Land selbst, seine Menschen, die Umwelt umso näher rückten, je entfernter er von ihnen lebte. Es mag aber auch eine Rolle gespielt haben, dass seine Leser, zunächst die dänischen, dann auch die deutschen, sich besonders für seine Beschreibungen Islands und seiner Natur begeisterten.

Ein Mann geht in die Berge und wird daraufhin zweihundertfünfzigtausendmal gedruckt

Ich weiß gar nicht, wie oft ich *Advent* schon gelesen habe. Vor zehn oder elf Jahren habe ich es mir zur Angewohnheit gemacht, die Geschichte von Benedikt und seinen Freunden jedes Jahr über Weihnachten zu lesen: Ich beginne am 23. Dezember, dem Tag unseres einzigen Heiligen, des hl. Þorlákur, und ende am ersten Weihnachtstag. Ich lese langsam, genieße es, wie man es genießt, mit einem alten Freund zusammenzusitzen. Seitdem das Buch 1936 erstmals – und zwar auf Deutsch – erschien, ein Jahr später auf Dänisch und 1939 endlich auch auf Isländisch, ist viel über *Advent* gesagt und geschrieben worden. Kein Buch Gunnar Gunnarssons hat eine derartige Verbreitung gefunden, es ist in mehr Ländern erschienen, als ich Finger an beiden Händen habe, allein in den Vereinigten Staaten wurde es in mehr als 250 000 Exemplaren gedruckt, und es hält sich hartnäckig die Hypothese, *Advent* habe Ernest Hemingway den Anstoß gegeben, *Der alte Mann und das Meer* zu schreiben.

Hier aber folgt die wahre Geschichte, die der Entstehung des Büchleins zugrunde liegt: Am 10. Dezember des Jahres 1925 brach im Nordosten Islands eine Schar Männer in die Berge auf, um versprengte Schafe zu suchen. Einer von ihnen hieß Benedikt Sigurjónsson, dem das unbewohnte Hochland im Blut lag und den man deshalb auch »Fjalla-Bensi« oder »Berg-Benni« nannte. Sechs Jahre später veröffentlichte eine isländische Zeitschrift mit dem seltsamen Titel *Eimreið* (»Dampfross«) den Bericht eines Þórður Jónsson über Bennis beschwerliche und gefährliche Wanderung. Demnach kehrte der Trupp am 13. Dezember mit einer Herde Schafe in bewohntes Gebiet zurück. Benni aber suchte in der kalten Wüste des Mývatnsöræfi weiter nach Pferden und Schafen und tauchte erst am zweiten Weihnachtstag wieder auf, als sich seine Nachbarn nach einem Schneesturm gerade auf die Suche nach ihm begeben wollten. Gunnar las diesen Bericht in Dänemark, und als ihn die Zeitschrift *Julesne* (»Weihnachtsschnee«) einlud, eine Geschichte aus Island zu liefern, verfasste er nach Þórðurs Bericht über Fjalla-Bensi die Kurzgeschichte *Der gute Hirte*. »Sie ist größtenteils eine literarisch überformte Wiedergabe des Berichts von Berg-Bennis strapaziöser Wanderung«, schrieb der Kritiker Ólafur Jóhansson. Fünf Jahre vergingen. Dann trat der Reclam-Verlag an Gunnar Gunnarsson heran und bat ihn, einen kurzen Roman oder eine Novelle für Reclams Universal-Bibliothek zu verfassen. Das Ergebnis war *Advent im Hochgebirge*. Die Handlung und die Hauptperson, Benedikt und seine Schafsuche im zweithärtesten Monat des isländischen Winters, haben also ihre Wurzeln in dem, was wir in Abgrenzung von Dichtung Wirklichkeit nennen, obwohl die Grenze zwischen ihnen unschärfer verläuft, als manch einer glauben mag, ja, so undeutlich, dass es einen im Kopf ganz schön durcheinanderbringen kann, wenn man versucht, in ihrem Grenzbereich klare Linien zu ziehen.

Es bereitet natürlich Vergnügen, die Vorgeschichte eines Buchs in Erfahrung zu bringen, die Vorbilder für seine Figuren kennen zu lernen, das Ereignis, das die dichterische Einbildung derart inspirierte, dass eine eigene Welt neben der wirklichen entstand, all das ist Wissen, das Spaß macht und einen erfreut, und doch ist es nur nebensächlich, Tand, Beiwerk, denn worauf es ankommt, das ist die Welt *im* Buch, das Literarische, und nur darauf fußend sollte man ein Buch lesen, damit steht oder fällt es, und mit nichts anderem.

Diejenigen allerdings, die etwas über Gunnar Gunnarssons Arbeitsweise als Verfasser lernen wollen, die der Entstehung des Buchs nachgehen, um so den Autor hinter den Worten besser zu verstehen, für die liegt es selbstverständlich nahe, den *Guten Hirten* und *Advent* miteinander zu vergleichen, und damit erhalten wir einen unerwartet guten Einblick in seine Werkstatt, können verfolgen, wie er einen Einfall bearbeitet, vertieft; wir sehen, wie er sich von den Geschehnissen und Personen entfernt, den historischen Vorbildern, die alles ausgelöst haben, und wie er seine eigene Welt erschafft. Wir beobachten, wie er einen langen Erzählstrang aus dem *Guten Hirten*, fast eine halbe Lebensgeschichte, nämlich die Beziehung zwischen Benedikt und Sigríður auf Botn, in *Advent* auf drei Zeilen eindampft. Eine heftige Affäre, wogende Gefühle, ein Schiffbruch und dann ein seltsames Abkommen – all das kommt nur noch fast unsichtbar zwischen den Zeilen zur Sprache, so gut ist Gunnar stilistisch in *Advent*, entspannt und geschliffen, diszipliniert zugleich, dass er alles unterbringt, ohne dass wir es merken, eigentlich nur, indem er eine Stimmung schafft, die wir erspüren, die wir irgendwie in uns aufnehmen.

Ein Mann verirrt sich mit Hund und Hammel mitten im Dezember im unbesiedelten Hochland, sucht nach verirrten Schafen, gerät in schlechtes Wetter, erreicht aber lebend wieder das von Menschen bewohnte Tiefland. Das ist die Handlung. Schlicht und einfach an der Oberfläche, und ich will sie nicht kompliziert reden, eher behaupten, das Buch in seiner Gesamtheit reiche tiefer und schenke uns tiefere Einsichten. Die Story ist in ihrer ganzen Schlichtheit gut und klassisch: Ein Mensch gegen die Naturgewalten. Doch zu diesem Handlungsfaden treten der Stil, die Gedanken und Vorstellungen des Autors hinzu, einige aus der Geschichte selbst entsprungen, andere, vor allem generelle und philosophische Einsichten, nicht, doch sie gehen im Fortgang der Erzählung einfacher Begebenheiten wie beiläufig in einem auf.

»Der Bauer lachte kurz und drückte, während er hineinging, mit zwei Fingern den Docht aus. Es ist ein Liebesdienst für ein Licht, wenn man es sich nicht nutzlos verzehren lässt.«

Von Steen Steensen Blicher bis Joseph Conrad

Der Stil in *Advent* hat etwas von einem Märchen an sich. Gunnar Gunnarsson war ein großer Stilist, davon legen seine Bücher beredtes Zeugnis ab. Und sein Stil konnte vielerlei Gestalt annehmen, er konnte wortreich und breit fließend sein wie in *Fjallkirkjan* oder hart, rauh und ruppig wie in dem nicht übersetzten *Brimhenda*, nirgends ist er so makellos und geradezu schön wie in *Advent*.

Doch in der Literatur ist niemand eine Insel; verwandte, ähnliche Stilzüge sind immer auch bei anderen Autoren zu finden. Ich weiß nicht genau, wie weit man Gunnars Stil in *Advent* zurückverfolgen kann, doch womöglich bis zu dem Dänen Steen Steensen Blicher am Anfang des 19. Jahrhunderts, den Gunnar sehr schätzte und dessen *Præsten i Vejlby* (»Der Pfarrer von Veilby«) er ins Isländische übersetzte. Es ist ein ganz eigener, besonderer Stil, ich weiß nicht, ob man ihn nordisch nennen darf, jedenfalls erreichte er eine gewisse Vollendung bei Knut Hamsun, diesem Magier der Sprache, der eine Vielzahl unterschiedlichster Autoren beeinflusste. Hemingway träumte davon, so schreiben zu können wie Hamsun, und seine Bewunderung für den Stil des Norwegers könnte letztlich auch die schon genannte These stützen, dass ihn *Advent* zu seinem *Alten Mann und das Meer* anregte. Andere Verfasser gehören dieser Richtung an: Gunnar Gunnarsson selbst natürlich, Halldór Laxness, der Däne Martin A. Hansen, William Heinesen, der große Romancier von den Färöern. Doch woher kommt dieser Stil? Warum entwickeln ihn gerade Schriftsteller aus dem Norden? Ist er ein Resultat der speziellen Mischung von Klima und Licht, der langen dunklen Winter und der so hellen Sommernächte, dass sie keinen zur Ruhe kommen lassen? Ein träumerischer Realismus, lyrisch, aber zurückhaltend und leise seiner Natur nach und doch auch den Schrei enthaltend, den Edvard Munch auf der Leinwand einfing. Eine Unerschrockenheit, die fast wie Sorglosigkeit aussieht, vermutlich aus Schwerblütigkeit erwachsen. Es herrscht zwar keine Düsternis in diesem

Stil, aber auch keine ungetrübte Helle, vielleicht am ehesten Zwielicht. Eines der Dinge, die *Advent* (und sicher auch *Fjallkirkjan*) einen starken Zug verleihen, sind Gunnars Wetterbeschreibungen. Ich kann mich kaum entsinnen, anderswo ebenso, wie soll ich sagen, starke, überzeugende Beschreibungen von Unwettern gelesen zu haben wie bei Gunnar Gunnarsson. Außer vielleicht bei Joseph Conrad. Wenn ich in Büchern Conrads lese, und er anfängt, die Wut und Wildheit in den Wettern des offenen Meeres zu beschreiben, dann schweifen meine Gedanken unweigerlich zu Gunnar Gunnarsson hinüber, und wenn Gunnar mit seiner Beschreibung des Schneesturms in den Bergen einsetzt, denke ich an Conrad. Beide bringen sie einem die außer Rand und Band geratenen Naturgewalten derart nahe, dass man sich unwillkürlich zusammenkauert, und vielleicht ist das auch genau die richtige Reaktion gegenüber Kräften, gegen die wir nichts vermögen. Vielleicht befiehlt uns etwas in den tiefsten Winkeln unsres Gedächtnisses, uns zusammenzurollen und möglichst klein zu machen, wieder zu einem kleinen Säugetier zu werden, das in seiner Höhle kauert, wenn sich etwas unbezwingbar Großes nähert, ein Dinosaurier oder ein Meteor.

Besteht nicht überhaupt eine Verwandtschaft zwischen Gunnar Gunnarsson und Joseph Conrad? Und damit meine ich nicht bloß ihre meteorologischen Beschreibungskünste. Gunnar ist Isländer, der auf Dänisch schreibt, das er erst als junger Mann lernt. Conrad ist Pole, der auf Englisch schreibt, das er erst als erwachsener Mann lernt. Beide sind dafür berühmt, wie sehr sie die Sprache, in der sie schrieben, beherrschten – besser als die meisten muttersprachlichen Autoren. Beide denken philosophisch und feilen akribisch am Aufbau ihrer Bücher, sind Romanautoren par excellence. Gunnar Gunnarsson hat Conrad zweifellos gekannt, die meisten Bücher des Polen lagen bereits auf Dänisch vor, als Gunnar Kopenhagen betrat, um womöglich die Welt zu erobern.

Über tiefverwurzeltes Wissen

Benedikt unterwegs mit Hund und Hammel. Die Erzählung einer einsamen Wanderung, Seite um Seite füllend, und dabei noch die Geschichte eines Mannes, der nicht voll klassischer Bildung steckt wie Aschenbach im *Tod in Venedig*, einer Bildung allerdings, die sich angesichts der Gewalt der Gefühle als wenig haltkräftig erweist. Dagegen steht mit Benedikt ein Mann, der kaum etwas von griechischen Göttern weiß und anscheinend noch weniger von deutscher Philosophie und der doch ebenso in die Gewalt von Gefühlen gerät wie Aschenbach, aber siegreich aus diesem Streit hervorgeht. Ein Autor, der es mit einem solchen Charakter zu tun hat, muss einige schwierige technische Probleme lösen. Denn wie soll er, wenn er nicht andauernd selbst auktorial das Wort ergreifen will, die Seiten mit Handlung und vor allem mit Worten füllen? Wie schafft er Leben und Bewegung um einen Benedikt, der zunächst jegliche Besiedlung hinter sich lässt und dann einsam und allein durch eine zuweilen menschenfeindliche Einöde stapft? Kaum etwas ist so verteufelt vertrackt für einen Schriftsteller – und kaum etwas ist so gut für ihn, denn es fordert ihn dazu heraus, sich etwas einfallen zu lassen. Denn eines ist es, mit Hund und Hammel durchs Gelände zu stapfen, etwas ganz anderes, diesen beiden tierischen Begleitern so deutliche persönliche Eigenschaften zu verleihen wie Leo und Knorz. Man vergisst geradezu, dass dort ein Mann und zwei Tiere unterwegs sind, vielmehr möchte man meinen, es handele sich um drei Gefährten und nicht um Mensch und Vieh. Knorz ernsthaft, schwermütig, aber verlässlich, ausdauernd. Leo fast ein Schelm, ein Possenreißer, aber unentbehrlich, wenn es drauf ankommt. Leo ist eigentlich der »Schausteller« der Geschichte. Gunnar flicht nur hier und da eine Bemerkung ein, eine kurze Nebenbemerkung über den Hund, und doch muss der Leser lächeln, findet auf einmal, dass die Welt doch ganz sympathisch ist. Von Beginn der Geschichte an lässt Gunnar keinen Zweifel aufkommen, dass es sich hier um Freundschaft handelt und nicht um ein Mensch-Tier-Verhältnis, und er vollbringt das auf eine Weise, die einen zutiefst empfinden lässt, dass zwischen ihnen Bindungen bestehen, die das Leben kostbar machen, die Welt zu einem Ort, der es wert ist, auf ihm zu leben.

»Diese drei waren auf derartigen Ausflügen jetzt schon seit einer Reihe von Jahren unzertrennlich gewesen und kannten einander nachgerade in- und auswendig mit jener tiefgründigen Bekanntschaft, die vielleicht nur zwischen einander fernstehenden Tierarten möglich ist, wo kein Schatten des eigenen Ich, des eigenen Blutes, eigener Wünsche und Begierden verwirrend oder verdunkelnd dazwischentritt.«

Diese Kennzeichnung des Verhältnisses zwischen Benedikt, Leo und Knorz ist auch ein ausgezeichnetes Beispiel dafür, wie Gunnar Gunnarsson die Welt seiner Erzählung ausweitet: Einfache Sachverhalte bekommen allgemeine, fast möchte ich sagen, allgemeingültige Kommentare und Erklärungen. Uns werden nicht nur Begebenheiten erzählt, sondern wir erhalten obendrein auch Gedanken und Anschauungen über das Leben selbst, über seinen innersten Gehalt.

Hier noch ein Beispiel: Benedikt erreicht an seinem ersten Tag Botn, hat also die eigentliche Wanderung noch vor sich. Botn ist der letzte Hof, das bewohnte Gebiet erstreckt sich unterhalb, oberhalb beginnt das wüste Hochland. Er befindet sich also auf einer Grenze, und dieser kurze Abschnitt enthält nicht bloß poetisch eingekleidete philosophische Aussagen, sondern auch eine höchst präzise und dramatische Darstellung des Riesenunterschieds zwischen einem Leben unter Menschen und dem Alleinsein in und mit der Wüste. Der Leser beginnt hier schon zu ahnen, was Benedikt noch erwartet:

»Seltsam, wie Menschen, die durch die Finsternis wandern, einander verloren gehen. Doch ist die Einsamkeit der Finsternis eine andere als die der Berge. Hier unten im bewohnten Land ist sie doch nicht so vollkommen; man hört noch andere Stimmen als die eigene und spürt nahe Atemzüge. Die tiefe Verlassenheit, die aus der Leere draußen und der steinernen Tiefe drunten strahlt, durchschauert einen noch nicht bis in die Haarwurzeln.«

Kreativität im Kopf des Lesers

Advent ist auf sehr unterschiedliche Weise verstanden und interpretiert worden. »Ein großartiges Winterpoem«, hieß es in einer Rezension von 1938, »es fesselt die Aufmerksamkeit, obwohl es an und für sich keinen bedeutenden Stoff behandelt.« Der isländische Dichter Matthías Johannesen sah den roten Faden, das wiederkehrende Thema in Gunnar Gunnarssons Werken in der Frage nach der *conditio humana*, der Stellung des Menschen in der Welt. »Verantwortungsbewußt zu sein, die Wahrheit und den inneren Kern der Existenz zu ergründen, die Situation des Menschen zu verstehen – dieses Ringen nimmt Gunnar Gunnarsson in all seinen Werken auf sich.«

Offen gestanden habe ich manches Mal gedacht, dieses Ringen würde Gunnars literarische Kunst unnötig beschweren, ihn als kreativen Autor eher behindern, ihn davon abhalten, nach formalen Neuerungen zu suchen, als hätte er vergessen, dass das Bemühen um die Literatur und die Suche nach der Wahrheit ein und dasselbe sind. Wenn schon nicht der gleiche Arm, so doch der gleiche Körper. Oder wie es irgendwo heißt: »Es bekommt dem Schriftsteller nicht, zu viel zu grübeln. Das sollte er den Philosophen überlassen.«

Eine etwaige Kopflastigkeit gilt jedoch keineswegs für seine besten Bücher, *Svartfugl* zum Beispiel (*Schwarze Vögel*, 2009 neu übersetzt von Karl-Ludwig Wetzig bei Reclam), ein düsteres und ernstes Buch, doch die schwierige Suche nach der Wahrheit darin reißt einen mit wie ein dunkler Fluss.

Gunnar Gunnarsson ist vieldeutig, und auch *Advent* ist unterschiedlich aufgefasst worden. Manche haben behauptet, Gunnar hätte gezielt Leben und Botschaft Jesu Christi in seine Erzählung hineinverwoben, Benedikts mühevolle und entbehrungsreiche Wanderung sei nichts anderes als ein Gleichnis für den Leidensweg Christi. Es ist keine neue Behauptung, dass sich Gunnar ausführlich mit Jesus und der Bibel beschäftigt hat. Das oben erwähnte »Selig sind die Einfältigen« spielt beispielsweise an sieben Tagen und verweist damit auf die Schöpfungsgeschichte, und natürlich denkt man auch bei der Lektüre von *Advent* an die christliche Botschaft. Benedikt ist ein einfacher Mann aus dem einfachen Volk, aber einfach bedeutet noch lange nicht einfältig. Es ließe sich wohl mit Fug und Recht behaupten, Benedikt verfüge über einen hoch entwickelten Sinn und Gespür für die Natur, er sei hochsensibel gegenüber Tieren, kenne den einzelnen Halm im Sommergras genauso wie den winterlichen Schneesturm im Hochland, und er sei ein Mann, der in seinem Innersten den Kern der Botschaft Christi genauestens verstehe. Benedikt hat den seltenen Charakterzug, so etwas wie Oberflächlichkeit gar nicht zu kennen, ihm erschließt sich der Kern einer Sache unmittelbar. In meinem Kopf klingeln allerdings die Alarmglocken, wenn Benedikt als Verkörperung Christi und *Advent* als Heiligenlegende verstanden wird. Ich kann nachvollziehen, weshalb manch einer dazu neigt, die Geschichte so aufzufassen. Oft genug spielt Gunnar direkt oder indirekt auf die Bibel an, schließlich ist sie auch Benedikts Hauslektüre, gerade zu dieser Jahreszeit, im Advent. Doch ich halte es für höchst bedenklich, solche Verweise zum Dreh- und Angelpunkt des Texts zu machen. Ein Buch, das den Stempel erhält eine Heiligenlegende oder eine Nachbildung des Lebens Jesu zu sein, gerät in Gefahr, in der Vorstellung der Leser zu erstarren, andere Verständnismöglichkeiten werden ausgeschlossen und, was noch schlimmer ist: Der Text wird nicht mehr auf der Grundlage seiner eigenen Voraussetzung gelesen, ein Werk der Literatur zu sein. Der Leser zieht Kirchenkleider über und liest demütig, mit der Haltung des Betenden. So aber darf man sich Literatur gegenüber niemals verhalten. Ihr Weiterleben hängt schließlich von der eigenständigen Kreativität in den Köpfen der Leser ab.